転生前から狙われてますっ!!

一花カナウ

Kanau Itsuka

庫

登場人物紹介
レネレット(前世)
オスカー
縁結びの神に仕える神父。
常にレネレットと共に転生し、
彼女の幸せを願いながらも、
なぜか結婚の邪魔をしている。
計算高く腹黒な性格。
レネレット
伯爵令嬢。ひょんなことから
前世の記憶を取り戻し、
オスカーに結婚を妨害され
続けてきたことを思い出す。
今世こそは幸せな結婚を
したいと意気込むが……？

ジャスパー
隣国の宰相の息子。
中性的な雰囲気の
美青年。
ジェラルド
大商会「ヴァーノン商会」の
若き会長。子爵位を持つ
やり手の商人。
エイドリアン
伯爵家の長男で、
レネレットの幼馴染。
野心家で策士な
一面を持つ。
リズ
レネレットの
専属メイドにして、
良き理解者。
明るく朗らかな
性格。

目次

転生前から狙われてますっ!!

第1章　元凶再び

『――お願いです。どうか生きるのを諦めないでください。あなたを失いたくないのです』

ぐったりとした私の身体を抱きかかえ、見知らぬ青年が必死に声をかけてくる。けれど彼の温もりが、彼の匂いが、なぜか強烈な懐《なつ》かしさを伴《ともな》っていた。

そのことがとても不思議ではあるのだが、これは夢だと自覚した途端、引っかかりは消えた。そういう設定なのだろうな、と冷静に受け止める。

私にとって、夢だと理解して見る夢は珍しい。

ならどうしてこれを夢と言い切れるのか。それは簡単なことである。

私には恋人どころかこんな風に真摯《しんし》な想いを向けてくれる男友達だっていない。現実の私は婚約者探しの真っ最中だ。

身長が高く、体格もよさそうな彼には全く見覚えがない。

私の知り合いの誰かがモデルになっているというわけでもない気がする。夢は無意識の産物らしいから、こういう男性が私の好みのタイプだとでもいうことだろうか。

一方、夢の中の私の身体はとても華奢《きゃしゃ》で、彼と比較すると本当に細っこい。いかにも骨と皮といった様子から考えて、栄養失調状態なのかもしれない。かなり衰弱《すいじゃく》しているようで、どこもかしこも力が入らなかった。

薄暗くてこの場所がどこなのかよくわからないが、唯一の光源が揺れているさまから、蝋燭《ろうそく》のようなものが照明として使われているのだろうと想像できる。薄い布越しに尻に当たる、ひんやりと冷たい上にゴツゴツした床は、岩場を想起させた。結果、ここは洞窟のような場所なのではないかと考えたが、どうしてそんな場所が夢の舞台になっているのかはわからない。

『僕を恨《うら》んでいるのだとしても、こんな手段を選ばなくてもいいではありませんか』

彼は私の手を取った。枯れ枝のような私の指に、節《ふし》くれだった彼の指が絡む。

私があなたを恨《うら》んでいる？　どういう設定なのよ、それは。

尋ねたくても声にはならない。私の夢なのに、自分でコントロールできないなんて不便だ。もう少し融通《ゆうずう》を利かせてくれてもいいと思うんだけど。

不満であるが、彼の独白を聞き続けるしかないようだ。

『僕はあなたと仲良くなりたかった。今からだってきちんと向き合えば、きっとわかり合えると思うのです』

どうしたらいいかわからないといった様子で、私の頬にたくさんの涙を落としながら、青年は私に言い募《つの》る。本当はこの状況がすでに手遅れだと理解しているのだろう。

私のためにそんなに泣かないで。

よくわからない設定が次々に出てきている気がするが、彼から伝わる切実さに感化されてしまえば、細かいことなどどうでもよくなってきた。この青年にとって、夢の中の私はかけがえのない存在なのだ。それだけわかれば充分だと思えた。

彼の涙を拭《ぬぐ》いたくても、私はもう指一本動かせない。何か言わなければと声を出しかけて、激しくむせた。この身体はどこまでも私の言うことを聞いてくれないようだ。

ああ、もう終わりなんだな……

別離のシーン。夢ではあるが、私はこのまま彼の腕の中で息絶えるのだろう。

『……僕のことは恨《うら》んだままで構わない。だけどせめて、あなたの来世での幸福を僕に願わせて』

ぎゅうと抱きしめられると、彼の匂いが強まった。埃《ほこり》と汗が混じったような、本来であれば不快に感じられるはずなのに、それを嗅《か》ぐと不思議と安心した。

『あなたはあなたの幸せをちゃんと掴《つか》んで。あなたにだって幸せになる権利はあるのですから──』

耳元で囁《ささや》く声が遠く霞《かす》んでいく。

目が覚めた時、私の頬は濡れていた。とても切ない夢だったと思い返す。生まれてこの方十七年、私はそれなりに夢を覚えているタイプの人間だと思うが、こういう感じの夢を見たのは初めてだ。

しかし、なんの影響を受けたんだろう？　あんな悲恋っぽい話、最近は演劇でも小説でも触れていないはずだけど。

妙に引っかかるが、まあ、夢は夢だと忘れよう。私にはやらねばならないことがある。今はとにかく時間が惜しい。

「お目覚めですか、レネレットさま。ご気分はいかがでしょう？」

「ええ、今日も晴れやかな気分ですわ」

ごそごそと動いていたからだろう。起こしに来てくれた使用人が声をかけてきて、私は現実に意識を切り替えた。

私はレネレット・ゴットフリード。伯爵家の令嬢で、現在婚約者探しに勤《いそ》しむ乙女である。正直最近はうんざりし始めているけれど、年齢を考えると、そろそろ慣例に従って家を出る準備をしなくてはいけない。

さっそく私は、朝の支度に取りかかった。

＊　＊　＊

私が生まれ育ったこの国――シズトリィ王国では、女性は十七歳前後が結婚適齢期であるとされている。

ただ、現女王さまは十七歳で王位継承、その後政治的混乱を避けることを目的として二十歳まで婚儀を延ばされたため、二十歳までは嫁き《い》遅れとは言われにくい。

結婚の時期に猶予《ゆうよ》をくださった女王さまには感謝の気持ちでいっぱいであるが、結局のところ私を取り巻く事態はあまり変わっていない。貴族の娘であれば、二十歳までにほぼ結婚していなければいけないのだから。

つまり、私に残された猶予《ゆうよ》はあと三年。それまでになんとしても幸せな結婚をしたい。みんなに祝福され、羨《うらや》まれるような素敵な結婚を！

「――とは思うんだけど、そう簡単にはいかないのよね……」

お見合い候補者の肖像画の山に埋もれながら、私はため息をつく。

どの肖像画も財力やら勇ましさやらを強調しているせいか、似たり寄ったりだ。面白いものではないし、そろそろどの男性の顔も同じに見えてきている。

あー、これはちょっと休んだほうがいいかも。

自分のよさを最大限にアピールしているのだろう肖像画を開いては閉じる作業を、十五歳になった時から続けて早二年。もはや日課だ。こんな日課からは早く卒業したいのだけど、そうできないのには理由がある。

「根気強くいきましょう、レネレットさま！　次の方とはきっとお会いできますって！元気を出してください」

私が疲れた顔をしていたからか、隣で肖像画の受け渡しをしてくれていた少女――メイドのリズが励《はげ》ましの言葉をくれる。

リズは小柄で童顔《どうがん》な少女であるが、私より少し年上だ。地味なお仕着せをきちんと着こなし、明るめの長い茶髪はシニョンにしてまとめている。そばかすが散った顔には愛嬌《あいきょう》があり、大きめでくりっとした茶色の瞳も可愛らしい。私の身の回りのことを一手に引き受けている専属メイドだ。

ため息ばかりの私に、彼女は明るい表情で続ける。

「それに、お会いすることさえできれば、レネレットさまの魅力で必ず落とせますから！

ラブラブで幸せいっぱいの結婚生活を送れること請け合《う》いです！　気落ちせず、今を乗り切りましょう！」

「ふふ……そうね。会うことさえできれば、ね」

私は遠い目になり、再び肖像画に視線を向ける。会うことさえできれば、の言葉について考えるだけでも気が重い。

私に魅力があるとリズは評してくれるが、私自身も自分の容姿は決して悪くないと思っている。

女性なら誰もが羨《うらや》むふわふわのブロンドと、サファイアの輝きが霞《かす》んでしまうほど澄《す》んだ青い瞳。目鼻立ちははっきりしていて遠くからでも人目を惹《ひ》く。ほどよく丸みを帯《お》びた身体は、女性らしいラインを強調する流行《はや》りのドレスを着こなすのにちょうどよかった。

自分で言うことではないのは承知しているつもりだが、容姿は完璧だと思う。

さらに、我がゴットフリード家は伯爵位を持つ家柄だ。祖父や父の活躍により王家の信頼は厚い。父親が立ち上げた事業もうまくいっているらしく、おかげさまで裕福な暮らしをさせてもらっている。

そんな美貌と家柄と財力を持つ、結婚適齢期の少女が私だ。

正直、直接会えさえすれば相手に気に入ってもらえる自信はあるし、縁談もさっくりまとまるだろうと考えている。

でも、その前にお見合いが成立しないのよね……

会おうと思ってこちらから連絡を取ると、どういうわけか必ず断られるのである。そちらから肖像画を送ってきているくせに。

ただ、断る理由については様々《さまざま》だ。疫病《えきびょう》にかかっただの、事故にあって亡くなっただの――まあ、そのあたりはご愁傷《しゅうしょう》さまです、と言うしかないのだが、急に世界を見て回りたくなったと言って世界一周旅行に出られてしまったのには、私も一緒に連れていってよと言いたい気分だったし、想像以上に美人でいらっしゃるので自分にはもったいないなどと言って断ってきたのには、何か裏があるのではと疑心暗鬼に陥《おちい》ったりもした。別の女性と駆け落ちしたと聞かされたのには、まあ、婚約する前でよかったなと思いはしたけれど。

そんなわけで驚くことに、私はまだ誰ともお見合いをしていないのである。二年も結婚相手ではなくお見合い相手を探しているなんて、なんかおかしくないですかね？

憂鬱《ゆううつ》な気分でめくる今日の肖像画はどれもずいぶんと年上で、妻に先立たれて後妻《ごさい》を探しているという人ばかりが並んでいた。

ああ、そういえば以前、ヤケになって年上を選んだら、お見合いの前に老衰《ろうすい》で亡くなってしまったな……。

最近ではレネレット嬢に気に入られると死を招くなどと密《ひそ》かに噂され始めているからか、お見合い候補者の減少が著《いちじる》しい。これは一刻も早く手を打たねば。死神令嬢なんて言われるようになったら、両親に申し訳ない。

「それに、今夜はパーティーがあるじゃないですか。素敵な出会いが待っているかもしれませんよ？」

「あら、見慣れたメンツばかりになってしまったのに？」

私がすかさず返すと、リズは微苦笑を浮かべ――そこからコロリと表情を変える。両手をポンと打ち合わせて、にっこりした。

「見慣れた男性ばかりとは限りませんよ。今夜のパーティーはランドール卿の主催でしょう？」

指摘されて、私はその意味を理解した。

ランドール公爵は貴族はもちろん、神職者や商人たちとも繋《つな》がりが深い。今夜のパーティーも盛装《せいそう》をしていれば貴族以外も入場可能という緩《ゆる》い基準なので、普段は話す機会のない神職者や商人と出会える可能性が高かった。

貴族以外の男性に嫁《とつ》ぐ気はあんまりなかったけれど、嫁き遅《い》れと後ろ指をさされるくらいならそれもアリか。女性でも爵位を継ぐことは可能であるが、私には弟がいるから私自身が爵位を継ぐ必要性は低いし、結婚だけが目的であれば選択肢には入れられる。

王国内での貴族の権威自体も、ひと昔前と比べたらだいぶ失われたらしい。かつては王族に並ぶ権力を持っていたそうだが、私が生まれた頃には、『王族に認められた特権階級』くらいの存在になっていた。領地を持ち、そこでの民や財を管理するのが主な仕事なので、立場としては庶民よりもいくらか強いが、それでも影響力は年々弱くなる一方だ。

というのも、貿易によって富を築《きず》いた庶民出身の商人が力をつけ始めたからだ。

私が生まれてから、世界で大きな戦争は起きていない。安定した情勢のおかげで、この国でも商業が急速に発展してきたのである。

商人たちの中には貿易で有利な立場を得るために金で爵位を買う者もいた。

爵位を得た商人なら私のお見合い相手としても、そう波風《なみかぜ》が立つことはないかしらね。

お父さまも貿易に関心を持っているみたいだし。

一方、貴族や商人たちと比べ、神職者は昔からほとんど立場が変わっていない。

税額の軽減など、経済的には貴族と同程度に優遇されているが、他に特権と言えるほどの力は持っていない感じだ。

地元の神殿に週一回は祈祷《きとう》に行く信仰心の高い国民がほとんどなので、敬《うやま》われてこそいるが、それだけだ。私だって、領内にいる時は神殿に祈りに行くのが週末の日課だが、そこの神官と親しく話をしたりはしない。

そういえば、貴族と神職者が結婚したって話はあまり聞かないわね……。神職者は神さまと結婚していることになるから、人とは結婚できないんだっけ？

神職事情に疎《うと》いので、彼らがどうやって神殿を維持して世代継承しているのか、私にはよくわからない。

うーん、神職者との結婚よりは商人との結婚のほうが現実的な気がするわね。狙うなら商人かな……。

考えたことがなかった相手の身分を検討し、今後の計画を練る。お見合い相手すらなかなか見つからない現状としては、選択肢は増やしておくに越したことはあるまい。

「――そうね。出会いを増やして損はないし、ダメでも気分転換くらいにはなるわよね。前向きに行きましょうか」

リズに八つ当たりするのは私としても不本意だ。それにお見合いが流れてしまうのも、パーティーで出会いがないのも、偶然であるはず。誰かのせいにするのは御門違《おかどちが》いだろう。

「そろそろお支度を始めましょうか?」

「ええ、お願いするわ」

私が頼むと、リズはチェック済みの肖像画とそうでないものをきちんと分けて片づけてくれた。

——期待はしないけど、何か進展がありますように。

心の中で神さまに願いながら、私はリズに手伝ってもらってドレスを着替えるのだった。

＊＊＊

王宮で議会が開かれる春から夏にかけて、領主たちは王都に集まってくる。そのため、普段は遠方に領地を持つ領主たちとの交流を目的としたパーティーがたびたび開かれるのだ。

支度を終えて馬車に乗り込み、私がやってきたのは、この国に三つある公爵家のうちの一つ、ランドール家のお屋敷だ。

馬車を降り、帰宅の予定を簡単に確認して御者《ぎょしゃ》と別れた。

——思った以上に盛況のようね。

きちんと盛装《せいそう》をしていれば、爵位がなくても出入り可能なだけに、入り口あたりからすでに様々《さまざま》な階級の人々でごった返していた。これなら新しい出会いにも期待できるかもしれない。

私は意気揚々《いきようよう》と会場内を歩き始める。

「本日はご機嫌麗《うるわ》しく——」

挨拶をしたりされたり。父親や祖父の知り合いへの挨拶も済ませておいた。

本来であれば、こういう場には父と一緒に来るべきなのだが、急な仕事が入ったとかで、今日は私が父の代理を務めている。こういう役目はそろそろ弟に譲《ゆず》ってもいいのだが、今は私の顔を広めて良い縁談に繋《つな》げようということで、私に任せてもらえているのだ。

挨拶が必要な方はこのくらいかしら？

飲み物を受け取って喉《のど》を潤《うるお》しつつ、私は会場を見渡した。あちらこちらで小さな集団が形成され、談笑しているのが目に入る。

あのあたりは商人が多そうね。最近は貿易商に勢いがあるみたいだし、こういう場所に顔を出すのも当然か……

見慣れない顔ぶれの服装をよく観察し、私はそう判断した。周囲と比べて服が浮いているように見えるのは、こういう場に相応《ふさわ》しい衣装に慣れていないからだろう。とはいえ、身につけているアクセサリーなどから、どの程度羽振《はぶ》りがいいのかが窺《うかが》えて興味深い。貴族に合わせて背伸びをしているような者もいるが、それはそれで努力の形跡が感じられるので悪くはないと思えた。

向こうの団体は貴族の奥様方。なんの噂話をしているのかはわからないけれど、とても楽しそうだ。会場に響く声は主にこの集団から発せられることが多いように感じた。悪い話をしているわけではなさそうなのが、明るい声の調子からもよくわかる。今が平和な証《あかし》だろう。

お見合いの話を持ってきてもらうためにも、自分の両親くらいの年齢の人間とはしっかり話しておこう――などと考えつつ視線を巡らせていると、奇妙な集団が目に入った。

何かしら、あそこ……

中庭へと通じる扉のすぐ近くに、私と同じくらいか、あるいは少し下の年齢だと思われる少女たちの人集《ひとだか》りができていた。

あの中心にいるのは……男？

背が高いので遠くからでもかろうじて姿が見える。少女たちの真ん中には黒髪の青年が立っていた。

この距離だとはっきりとはわからないのだが、夜の闇よりもずっと濃い艶《つや》やかな黒髪は一度会ったら忘れないだろうから、ほぼ確実に私の知らない人だ。身動きが取れないほど周囲を固められているところから考えて、滅多《めった》に会場に現れないお金持ち貴族のどなたかか、あるいは皆が放っておかないくらいの美形なのではなかろうか。

なんとなく気になって、私もそっと少女たちの輪に加わった。邪魔をしないようにゆっくりと近づき、こっそりと青年の顔を窺《うかが》う。

年齢は二十代後半くらいだろうか。つやつやした黒髪は短く清潔に保たれている。眼鏡の奥に潜《ひそ》むエメラルドよりも深いグリーンの瞳は、目つきの鋭さを和《やわ》らげるのに充分な美しい色合いだ。鼻筋もすっと通って、薄い唇はキリッとしまっている。どのパーツも整っている上、全体のバランスもよい。

目つきのせいか真顔だと冷《ひ》ややかでとっつきにくい印象を受けるが、それが笑顔になった瞬間気さくな雰囲気に変わるから不思議だ。

「見ない顔ね……」

何者なのかしら？

その疑問は、周囲の少女たちの話ですぐに解消した。

「将来の伴侶《はんりょ》はこの会場にいるかも、ですって！」

「えー、いいなあ、アンナは。私なんて、出会いは来年ですってよ。もう、婚期を逃《のが》しそう」

「私も占ってもらう！　ちょっと待ってて！」

へえ、占い師か……

聞き耳を立てていると、どうも他の少女たちも、この青年に自分の将来を占ってもらっているらしかった。どうりで私くらいの結婚適齢期前後の少女ばかりが集まっているわけだ。

妙な人間が紛《まぎ》れ込んでくるものね……

庶民の間では占いが流行《はや》っているのだろうか。いくら規定が緩《ゆる》いとはいえ、ここにいるということは、それなりの収入があるはずだ。私は彼の素性を探るために、全身にも目を向ける。

身なりはしっかりしているし、その前に見かけた商人たちよりも盛装《せいそう》が板についている。上背《うわぜい》はあるが細身なせいか、どことなく儚《はかな》げで、神秘的にも見える。この外見で「占ってあげる」と言われたら、試してもいいかな、なんて思う人も多いかもしれない。

そこまでわかったところで、私はその場を離れることにした。占いには多少興味があるが、私は自分が決めた道しか歩くつもりはない。それに順番待ちをしてまで聞きたいとは思えなかった。

さ、他のところを回ってこよう。

潔《いさぎよ》く踵《きびす》を返して集団から抜けようとした時だった。

誰かにスカートの裾《すそ》を踏まれてつんのめり、私は盛大にバランスを崩す。あわや転倒というところで、気づけば私は占い師の青年に優しく背中を抱きとめられていた。

わあ、綺麗な顔……

間近で見ると、彼の心配そうな表情が色っぽく感じられる。ちょっと想定外。

彼のいたところからは少し距離があったのに、わざわざ助けに来てくれたのかしら。

私は慌てて自分の足でしっかりと立った。

「あ、ご、ごめんなさい。失礼しました」

「いえ。足は大丈夫ですか？」

低すぎず高すぎない声はとても聞き取りやすかった。なんというか、耳に心地いい。

「はい」

別の少女の占い中に割って入ってしまったのに、彼は私の方を気にかけてくれている。

それがちょっぴり嬉しい。

「ならよかった」

穏やかに微笑んだ彼は、私の耳に唇を寄せ、そっと囁《ささや》いた。

「あなたの伴侶《はんりょ》はここにはいません。お疲れのようですから、このままお帰りになるのがよろしいでしょう」

「……へ？」

彼は身体を離し、再びにっこりと笑う。その言葉と態度で、私は正気に戻った。

待て、私のトキメキを返せ。

この素性のわからない男に対して一瞬恋心を持ってしまった気がしたが、なかったことにしよう。

「――助けてくださりありがとうございました。それではごきげんよう」

引きつりそうになる顔を、私は令嬢らしい微笑みを作ってカバーし、集団の輪から外れる。

落ち着け……落ち着け私！　ランドール卿はこういうパーティーは無礼講《ぶれいこう》でっておっしゃっているのだから！

ランドール公爵は、貴族だけでなく神職者や商人もパーティーに招く。彼らに気軽に訪れてもらうためにも、多少の無礼には目をつぶるようにと貴族の間で常日頃触れ回っていた。なんでも自分の開くパーティーを社交界の作法を学ぶ場として活用してほしいとお考えなのだとか。彼らの無礼を許せない方はお越しいただかなくて結構とまでおっしゃっているので、ここにいる招待客は何かあっても寛大《かんだい》な気持ちで受け流したり、あるいはたしなめたりする。

私は助けてもらったわけだし、みんなの前で恥をかかされたわけでもないんだから、笑顔で去るのが最善なのよ。頑張れ私。

私は自分に言い聞かせ、平静を装《よそお》った。今感情を爆発させてしまったら、ランドール公爵が主催するパーティーへの参加権を失いかねない。そうなれば今後の交友関係が狭《せば》まってしまうので避けたいところだ。

でもね、わかってるけど、私、そこまで大人になれないのよ！

人目につかない中庭に出ると、私はぐっと拳《こぶし》を握りしめた。

「なんなの、あの占い師っ！」

あの言葉にどういう意図があったのだろう。あれだけの色男だ、私の視線に自身への恋愛感情を察して釘を刺してきたと考えるのが一番妥当《だとう》な気がする。

「自惚《うぬぼ》れるんじゃないわよ！　私は惚《ほ》れられることはあっても、惚《ほ》れることなんてないんだからね！　ましてや誰があんたなんかにっ！」

ちょっと優しくされたくらいで惚《ほ》れるほど、私は安い女ではないつもりだ。

腹が立って仕方がない。この苛立《いらだ》ちを解消するためには、このパーティーで婚約者を掴《つか》まえて、占い師の面目《めんぼく》を潰《つぶ》してやらねば。

「見てなさいよ、私、行動を起こしたらすごいんだから」

ふふ、と笑い、気合を入れ直す。そして、みんなが羨《うらや》むレネレット・ゴットフリード嬢らしく振る舞いながら会場に戻るのだった。


とにかく、これまでの縁を活《い》かして攻めていくよりは、新しい縁を求めて動くのがいいような気がする。なぜなら、両親の知り合いのつてを頼ったお見合い作戦はいまだに成功していないからだ。

お見合いが成立しないんだから、それ以外で出会いを求めなくちゃね。今日は商人も多くいることだし、父の事業関係を中心にあたるか、それ以外か……

深く考えるよりもまず行動したほうがいいかもと考え直し、話しかけやすそうな集団に近づこうと試《こころ》みる。聞こえてくる話の内容や格好から、彼らは商人から貴族になった人たちのようだ。

さて、どう話しかけたらいいものかしら?

今一番気をつけなければいけないのは、ここで大きな失敗をして、彼らとの縁が切れること。

商人には商人の作法なんてものがあったりするのだろうか。女性から話しかけてもいいのだろうかと、ここにきて躊躇《ちゅうちょ》してしまう。

もっと勉強しておくべきだったわね……

一歩を踏み出せずにいると、隣の部屋から音楽が響き始める。オーケストラの演奏は、ダンスの始まりを知らせていた。

しめたわ！　ダンスに誘ってもらえば自然と話ができるわね！

私はここぞとばかりに、商人たちの中で一番好みの男性に声をかけてもらえるように近づいていく。

「――おや、まだ残っていらっしゃったとは」

さっき聞いたばかりの失礼な声に、私は足を止めて声の主《ぬし》を見た。

眼鏡の奥の瞳が優しそうな笑みを作っている。一方で、せっかくの助言を無視するなんてと言わんばかりの棘々《とげとげ》しい雰囲気も読み取れた。

「私がパーティーを楽しんでいてはいけませんか？」

私は不機嫌さを隠さず、上目遣いで睨む。

わざと嫌味を込めて言ってやれば、黒髪の占い師は困ったような顔をした。

「今からでも帰宅されるのが、あなたのためだと思うのですが……」

「余計なお世話です」

きっぱり言うと、彼は思案顔をしたのちに手を差し出した。

「……わかりました。では、これも何かの縁ですし、一曲踊っていただけませんか？」

私の話を聞きなさいよ……って、ん？

「は？」

今の私の目は点になっていたのではないだろうか。聞き間違いかと思って、うっかり令嬢らしからぬ声が出た。

「先ほどふらつかれた時も特にお怪我はされていないのでしょう？」

そう言って彼はちらりと私の足元を見る。だが、この裾《すそ》の長さでは彼には靴の先さえ見えていないだろう。今の流行《はや》りは裾《すそ》が床に届くほど長いドレスなのだ。

「……そうですけど」

返事をしてから後悔した。だが、よくよく考えると肯定《こうてい》しても否定しても、私にとっては都合が悪い。足の怪我を理由にパーティー会場から追い出されたくなかったので、つい平気だと答えてしまったが、ダンスに誘われている状況でこう言ってしまえば、いけ好かない彼と一曲踊らねばならなくなってしまう。

「では、決まりですね」

当然の帰結として手首を掴《つか》まれ、私はオーケストラが見える場所まで強引に引っ張り出された。

「ちょ……私、あなたと踊るのは――」

嫌だと振り払おうとした時には曲が始まってしまい、気づけば私たちはダンスの輪の中にいた。

手慣れている？　占いはあくまで趣味で、実は貴族なのかしら？

あまりの手際のよさに驚いて見上げると、彼の口元が笑みに変わった。

「おやおや、ダンスが苦手なのでしたら、そうおっしゃってくだされればよかったのに」

軽い挑発。誘いを断るのはダンスが下手だからかと煽《あお》っているのだろう。

そうなると、私はかえって燃えてしまう性格だ。挑《いど》むように彼を見つめ、しっかりと手を取った。

「へえ、あなたこそ、私に恥をかかせないように励《はげ》んでくださいね」

ところが曲に合わせて踏み出した一歩は、不思議とぴったり呼吸が合っていた。

――どういうこと？

動きもそうだが、それ以上に息が合う。まるで長年連れ添った夫婦のような、そんな風に感じてしまうくらい、ステップを踏むのがラクだ。

いやいや、オーケストラの演奏が上手だから、テンポに乗るのも簡単なのよ。この男の腕前じゃないわ。

正面の様子を盗み見ると、眼鏡の占い師は視線に気づいたらしく、私を見てクスクスと笑った。

「そんな怖い顔をしないでください。可愛らしい顔が台無しですよ。それともそれは、苦手なダンスについていくのに必死という表情でしょうか？」

「お黙りなさい」

小声で言い合いながらも、彼のステップは完璧だ。おまけにポジションの確保が上手《うま》く、他のペアがうっかりぶつかりそうになっても難なくかわす。

この男、何者なの？

「……僕の名前はオスカー・レーフィアルです。あなたの名前は？」

心を読まれたように感じて動揺し、私はステップを外してしまう。転びそうになったところを、彼が巧《たく》みに勢いを削《そ》いで次のステップに繋《つな》いでくれた。

危なかった……。しかしずいぶんと踊り慣れているのね。

彼のファミリーネームを聞いて、自分の知る限りの貴族のそれと照合してみるが、一致するものがない。

ならば、この人は商人なのだろうか。それにしては、身のこなしが良すぎる気がするのだが。もちろん神職者の可能性もあるが、神職者がパーティー慣れをしているなんてイメージしにくい。私の顔馴染《かおなじみ》の神父やシスターたちがこういう場所に来るように見えないからだろうか。

オスカー・レーフィアル、ね……。

後で身元を確認するためにもしっかり覚えておこうと、私は彼の名前を心の中で繰り返したあと、問いに答えることにした。

「私はレネレット。レネレット・ゴットフリードよ」

「ああ、やっぱりあなたがレネレットさんでしたか」

「やっぱり？」

再会は偶然かと思っていたが、わざわざ私を探してダンスに誘ってきたということだろうか。一体何が目的なのだろう。

彼の足を踏まないように注意しつつ、オスカーの言葉を待つ。

「あなた、有名ですよね。なんでも美人なのに、なかなか結婚できない伯爵令嬢だとか」

「今年十七を迎えたばかりの女性に、失礼な言い方ですわね」

結婚適齢期である十七歳の時点で縁談が決まっていないということは、式を挙げるのも十八歳以降になる可能性が高いということだ。春の終わりというよりも夏の初めに近い現在、油断していたらすぐに年を取ってしまう。

人が気にしていることを。私が不愉快な気持ちを微塵《みじん》も隠さずに返してやれば、オスカーはふっと笑った。

「婚約者がいないだけでなく、恋人の噂ひとつ聞かないですよね？」

「余計なお世話です」

腹が立ったので、よろけたふりをして足を踏んでやろうとドレスの中で準備をするが、さらりとかわされた。勘のいい男だ。

なんなのよ、もう。

「――意地を張っていないで、ご帰宅なさってはいかがです？」

そこでオスカーは急に話題を変えてきた。

「帰りの時間については、家人にすでに指示してあるので。迎えが来るまでは会場に残ります」

「ああ、なるほど。しかし、レネレットさん。これ以上ここにいてもいいことはないと思いますよ？」

「あなたに何がわかるのかしら」

「……わかりますよ」

含みを持った言い方が気になり、私は彼の言葉の続きを待つ。しかし、オスカーはそれっきり何も言わなかった。

やがて曲は終わりを迎え、フロアは沈黙した。たくさんの招待客がひしめき合うようにダンスをしていた割には、結局誰とも衝突することもなく、またオスカーの足を踏みつけてやることもできないまま踊りきってしまった。

「――ダンス、お上手じゃないですか。僕もさまになっていたでしょう？」

「さあどうかしらね。あなたのエスコートがお上手だったのは、あくまで曲との相性がよかったからではなくって？」

彼の言い方がいちいち癪《しゃく》にさわるので、私も皮肉で返してやった。

正直な感想として、彼はダンスに長《た》けている。おそらく、今まで私が相手をしてもらった男性の中では一番上手だ。隙あらばと攻撃してやったのに絶対に足を踏ませない上、私が体勢を崩した時のフォローも完璧で文句なし。

だから、なおさら悔しい。これは想定外だ。

すると、オスカーは口の端《はし》をキュッと上げた。

「では、もう一曲お相手していただけますか？」

そうは言うものの、ここで断ったら、私の方が負けを認めた感じになってしまう。それは私のプライドが許さない。

「——これで最後にさせてもらいますから」

だが、こんな無用なプライドは捨てるべきだったと私は心底後悔することになる。

まさか、私が帰ると音《ね》を上げるまで、彼がダンスを申し込み続けてくるとは思わなかった。

誰か察して助けてよ！

他の男性がダンスを申し込んでくれれば、そこでパートナーを代えられるのに。誰からも声をかけてもらえないどころか、男性は視線を逸《そ》らすし、気づけば私たちの周囲にだけギャラリーが増えているしで散々な目に遭《あ》った。

なんか拍手をたくさんもらったけど、全然嬉しくないし……

ヘトヘトになるまで付き合わされ、最終的にはオスカーに馬車まで送ってもらうことになってしまった。計算外だ。

「お疲れ様でした。今夜はゆっくり休んでください」

「なんで私が——」

「一体誰のせいで疲れていると思っていらして？　私、他の殿方ともダンスをしたかったのに」

こんなことでお見合いの機会を逃《のが》すことになるなんて誰が想像できようか。小さく膨《ふく》れて不満をぶつけると、オスカーはどういうわけかしてやったりといった顔をする。

「おや。しかし、どなたからも申し込まれなかったではないですか」

「あ、あなたねぇっ！　あんたがあれだけ完璧にエスコートしていたら、誰も私にダンスを申し込もうだなんて考えなくなるわ！」

ついに淑女の皮を完全に脱ぎ捨てて言ってやれば、オスカーは愉快そうに笑った。

「やっと僕のダンスを認める気になったんですね」

「………」

この時の私はどんな顔をしていただろう。口をあんぐりと開いて、呆然としていたかもしれない。およそ令嬢がすべき顔ではなかったと思う。

そしてその台詞《せりふ》で、私は一つの推測をする。

「ひょ、ひょっとして、あなた、そんな理由で私を拘束していたんじゃ……」

ダンスの腕前を認めさせるためだけにそこまでするなんて、普通の人の行動じゃない。そんなにダンスの上手《うま》さを見せつけたいのなら、私以外と踊ってもよかったのではなかろうか。

それに、パーティー会場を出るようにと忠告したりダンスの邪魔をしたりと、意味不明な言動についても文句を言いたい。

「さあ、どうでしょうね」

おどけて見せると、オスカーはゴットフリード家の馬車まで連れていってくれた。こういうエスコートも手慣れていて、非の打ち所がない。もしも彼の正体が平民であるのなら、相当な訓練を積んだはずだ。

腹の立つ言い方さえしなければ、文字通り文句はないんだけど。

「またどこかでお会いしましょう」

馬車に乗り込む私に爽《さわ》やかな調子で声をかけてくるので、私は彼を冷たく見下ろした。

「次に見かけたとしても、絶対に近づいたりしませんから、どうぞお構いなく」

御者《ぎょしゃ》に扉を閉めてもらうと、ようやく眼鏡の青年の顔は見えなくなった。

やれやれ。とんだ災難だったわ……。

初対面の人間にあんなにしつこくされるとは思わなかった。私もたいがい意地っ張りな性格だという自覚はあるけど、彼は彼で相当だろう。

まったく、こういうのはもう間に合っているんだけど。

心の中で悪態《あくたい》をついた時、ふと、今日のような付きまといをかつて経験していたことを思い出した。しつこく粘着《ねんちゃく》されて辟易《へきえき》したのはいつのことだっただろうか。

あれ？　でも、社交界デビューをしてからの話じゃないような……？

ひとつひとつ丁寧に記憶を遡《さかのぼ》ってみるが、該当する事象に思い至らない。ぼやっとした感覚があるだけで、明確には思い出せないのだ。

妙なこともあるものね。

疲れのせいで錯覚でもしたのだろう――そう結論づけて、私は今日のパーティーのことは忘れてしまおうと決意したのだった。

＊　＊　＊

パーティーの翌日もさらにその翌日も、熱心にお見合い相手の肖像画とにらめっこしていたが、一向に進展はない。憂鬱《ゆううつ》さが増すだけで、ついに頭痛まで感じ始めた。

ああ、せめて、パーティーで新しい縁ができていればっ！

「あ！」

落胆する私の隣で、リズが急に叫んだ。

そしてポンッと両手を叩いたかと思うと、きょとんとする私としっかり目を合わせる。

次いでにっこりと微笑んだ。

「困った時は神頼みです。神殿へ良縁を頼みに行きませんか。一緒にお祓《はら》いもしてもらえば、安心できますでしょう？」

リズの提案に、私はふむと小さく唸《うな》る。

シズトリィ王国の宗教は多神教だ。諸外国は一神教《いっしんきょう》が主流なので、だいぶ文化が異なっていると聞いているが、外国に嫁《とつ》ぐつもりのない私は特に興味がない。

この国の宗教は土地に根ざしたものであり、地域によって祀《まつ》っている神さまが違う。

王都で有名なのは縁結びの神さまの神殿だ。しかし神さま同士は仲が良いと言われているので、ある神さまの土地に他の地方の神さまの分殿《ぶんでん》があるなんてことも普通である。

なお、ゴットフリード伯爵領では豊穣《ほうじょう》の神さまをお祀《まつ》りしているからか、おかげさまで毎年豊作。収入は安定している。

「わたしが昔お世話になっていた孤児院を覚えていらっしゃいますか？　運営していたのは隣の神殿なのですが、あそこには良縁を結ぶ神さまがいらっしゃるのです。そちらを訪ねてみてはいかがでしょう。わたしもこうしてレネレットさまとの縁を結んでいただきましたし、ご利益はあると思いますよ」

名案だとはしゃぐリズを横目に、私は冷静に検討する。

孤児院で生活していたリズは、慈善活動で神殿を訪れた父と出会ったそうだ。その時に住み込みで働かないかと持ちかけられたことがきっかけで、ゴットフリードの屋敷にやってきたのである。当時私は十歳を迎えたばかりで、周囲はちょうど私と年の近い専属使用人を探していた。以来、喧嘩ひとつすることなく、これまでの七年間を仲良く暮らしているのだから、よほど相性がよかったのだろう。

そう言われると、一応行っておいても損はないか……

「そうね。行ってみましょうか」

私が頷《うなず》くと、リズはますます嬉しそうに笑った。

「では、予定を調整いたします！」

飛び跳ねるようなさまは小柄で童顔《どうがん》な容姿に似合っているが、十九歳であることを思うと、もう少し落ち着いた振る舞いをしてほしいものだ。

ま、そういうところも嫌いじゃないけどね。

リズが喜んだのは、久しぶりに里帰りできるからという面もあるのだろうと、しばらくしてから気づいた。それならはしゃぐのは仕方がない。

神頼みにどこまで効果があるかはわからないけれど、多少の気分転換くらいにはなるかしらね。

その後彼女が張り切って予定を組んでくれたおかげで、神殿を訪ねる日は来週すぐに決まったのだった。


当日の天気は快晴。周囲は春らしく爽《さわ》やかな空気に包まれている。

馬車を降りた私の前には、王都に滞在する時に使う屋敷より、少々控えめな大きさの建物があった。外観は古めかしく無骨《ぶこつ》な印象だが、壁に施《ほどこ》されたレリーフは手が込んでおり、芸術作品のようだ。新緑の間から覗《のぞ》く屋根には縁結びの神さまのシンボルが飾られていて、ここが神殿であることを周囲に示している。

この神殿はゴットフリード家と縁の深い施設だ。父が爵位を受け継いでからずっと、金銭的な支援をしているのだと聞いている。だけど私はこの神殿についての情報があまりなく、建物も周囲の様子も初めて見るものばかりだ。

父はよくここに来ていたみたいだけど、私は初めてよね？

ああ、私がなかなか挨拶に来ないから、良縁の神さまがそっぽを向いてしまったのかしら。

それは充分にありえそうだ。ここはきっちりご挨拶を済ませ、損ねてしまった神さまの機嫌をどうにか直そうと私は意気込む。

最初に出会ったシスターに今日の訪問の目的を話すと、「お待ちしておりました。こちらへどうぞ」と、建物の中へ通された。

へえ……なかなか素敵な場所ね。もっと早く訪ねるべきだったわ。

空気が澄《す》んでいる。心身共に浄化されそうな雰囲気だ。

建物内部の装飾が、シックで細やかなデザインなのも好ましい。派手ではないのに目を引きつけられる華やかさがあるのが素敵だ。

私の屋敷がいかにも贅沢《ぜいたく》を絵に描《か》いたといったような感じなので、この神殿は対照的だと思った。

やがて祭壇に案内される。私はシスターに促《うなが》され、神殿の作法に則《のっと》った祈りを捧《ささ》げた。

——ご挨拶が遅くなり申し訳ありませんでした。これからはこまめに顔を見せに参ります。何とぞ良縁をお恵みください。

祈ったところで必ず良縁に出会えるとは思っていないが、ここに通うこと自体は悪くないように感じた。気分転換にはちょうどよさそうな場所だ。

祈りを捧《ささ》げたのち、私はゆっくり顔を上げる。

「え？」

びっくりして、思わず声が出た。目の前に人がいたからだ。

跪《ひざまず》く私の前に眼鏡をかけた黒髪の青年が立っていた。

この人、見覚えがあるような……

神父のものらしい黒の衣装に身を包む彼はにこやかに微笑んでいる。その唇が動いた。

「──良縁を希望されますか？」

室内に響く声はとても聞き取りやすい。そして、どこか聞き覚えのある声だ。

引っかかるものを感じながら、私は静かに頷《うなず》いた。

「ええ。この神殿には良縁の神さまがいらっしゃると伺ったものですから」

彼の姿に、ふっと別の誰かの面影《おもかげ》が重なって見える。

この人は……？

一気に動悸《どうき》が激しくなる。頭痛がして、嫌な汗も流れ出した。脳が何かを思い出すのを拒否しているような、そんな感じだ。

あ、この前のパーティーで会った……確か、オスカーって占い師で……？

だんだんと記憶がはっきりしてくる。目の前の黒髪の青年が、先日のパーティーで私にしつこく付きまとってきた人物であるのは確信した。サラサラで艶《つや》のある黒髪も、眼鏡の奥に秘めた宝石のような緑色の瞳も、色白でなかなか整っている顔立ちも、私は間近で延々と見続けるハメになったのだから。

でも、この身体の反応は、きっとそれだけじゃないんだわ。

理性が警告していても、好奇心は抑えられない。私は彼と対峙《たいじ》しながら必死に過去の記憶をたどる。

必ずどこかに接点があったはずよ。思い出して！

黒髪の占い師――もとい、青年神父オスカーは意地悪そうに口の端《はし》を持ち上げた。その表情にはやはり覚えがある。

「それは残念ですね。あなたに相応《ふさわ》しい伴侶《はんりょ》となる方はこの世にはいないでしょう。結婚をしてもあなたが不幸になるだけです」

蔑《さげす》むような顔と、その声色《こわいろ》に、私は目を見開いた。

そうよ、この男は！

記憶の扉が大きく開かれる。次々と蘇《よみがえ》ってきたのはこの世界とは違う、別の文明に根ざした知識のかけらたち。ここよりも文明が発展した世界だったり、あるいは今よりも厳しい世界だったりと、まるで自分で見てきたかのような光景が泉のごとく湧《わ》き出し、イメージとして頭に浮かぶ。

――そうだ、私はこの世界に転生してきたんだ……！

前世の記憶と現在の記憶が結びついた時、私は素早くオスカーから距離を取っていた。

こいつだ。こいつが前世までの私の恋路の邪魔をし、結婚から遠ざけてきた張本人だ！

「冗談じゃないわ！　何が〝私の伴侶《はんりょ》になる相手はいない〟よ！　あんたが毎回私の結婚を邪魔してきたんじゃない！　私、今度こそ必ず結婚するわよ！」

高らかに叫び、自分の胸を叩いて宣言する。

すると、オスカーは不敵に笑んだ。

「ああ、記憶、戻っちゃいましたか」

「いったい私になんの恨《うら》みがあるわけ⁉　毎度、毎度毎度、毎度毎度毎度毎度毎度っ！　私の結婚をめちゃくちゃにしてくれたでしょっ！　私、この世界では絶対に誰かと結ばれてやるんだからねっ！」

彼の顔をまっすぐに指差し、はっきり告げる。

私は全部思い出した。今の私が数度目の転生の末の姿であることを。

そして、目の前の男によって幾度となく結婚を邪魔され続けていることを！　町娘の時は幼馴染《おさななじみ》だった彼に縁談を壊され、一国の姫君の時は使用人だった彼に騙《だま》され、ことごとく結婚を潰《つぶ》されてきたのだ！

「なんの恨《うら》み……さあ、なんでしょうね」

オスカーは一瞬表情を曇《くも》らせるが、再び笑った。

「しかし、前世までの記憶が戻ったのであれば、結婚せずとも幸せな人生を送れることも、あなたはよくご存知のはず。これまでの転生の経験を活《い》かせば、あなたは巨万の富を築《きず》き、あらゆる人が羨《うらや》む幸福な人生を歩むことができます。それのどこに不満があるのですか？」

彼の言うことにも一理ある。

複数の前世記憶を有する今の私は、生まれ持つ美貌に留まらず、知識も人より優《まさ》っていることだろう。おまけに伯爵令嬢というそれなりのステータスを持っているおかげで、それが宝の持ち腐《ぐさ》れになってしまう危険性をかなり減らせそうだ。

となると、この私はいわゆるチートという状態に違いないわね。

オスカーの指摘通り、蘇《よみがえ》った前世までの知識をこの世界で成り上がるために使うことも可能だ。数ある前世では知識を利用して栄華《えいが》を極めたこともある。けれどそんなのは面白くない。なんだかズルイ感じがして、気が引けるのだ。私は正々堂々、公正でありたい。

――いや、待てよ。

せっかく復活した前世知識、私が今までの人生でずっと願ってきた目的――つまり結婚のために使うのならアリじゃない？　宿敵を前に、フェアがどうのとか言ってる場合かしら？

私はオスカーを鼻で笑う。思いついた計画に心が踊った。

「私は結婚をしたいの。これまでやりたいことはいろいろやってきたし、実際、極めることだってできたわよ。――でも、結婚をしたことは一度もないわ」

一国の姫君ほど行動を制限されることもなく、平民のように身分の壁に泣く心配もない。今の立場をくれた両親に、私は心の中で感謝する。

お父さまお母さま、私はあなたたちの持つ地位のおかげで、目標である結婚までの道のりをラクに進めそうです。

私の勢いに押されてか、言葉を詰まらせたオスカーに、私はさらに言葉を浴びせる。

「確かに結婚については周りからもいろいろ聞かされてきたわ。いいことばかりじゃないっていうのもわかっているつもり。だけど、自分で経験してみないと本当のところはわからないでしょ？」

そして、最後にオスカーを睨みつけた。

「今度ばかりは邪魔させせない！」

リズには悪いが、縁結びの神どころか縁切り男のいるこんな場所には、もういられない。

そう宣言すると、すぐさま私はドレスの裾《すそ》を翻《ひるがえ》し、馬車へ向かって一目散に走ったのだった。

今、この世界に生まれてから一番腹が立っている。思い返せば返すほど、はらわたが煮えくりかえる気分だ。

なんで私がっ！　あいつにあんな、人を小馬鹿にしたような目で見られなきゃいけないわけっ！

良縁を求めて神殿に行ったはずなのに、前世からの知り合いに一生独り身のままですと宣言されるだなんて誰が想像しただろう。完全に想定外だ。

「――でも神父って職業なら会う機会はほとんどないし、まあ、直接の害は少ないかしら……」

この世界以外での人生を振り返る。

彼が一番身近な存在だったのは当時の私の兄として現れた時。従兄妹《いとこ》という関係だった時もあれば、仲の良い近所のお兄ちゃんとしてそばにいたこともある。彼とは幼少の頃から関わりがあり、私が年頃を迎えて前世を思い出すたびに、毎回ジタバタすることになるのが今までの流れだった。

今回はずいぶんと登場が遅かったように思うけど……気にするほどのことじゃないわね。

もう赤の他人なのだし、せっかくならこのまま出くわすことなく一生を終えられればよかったのにと運命を恨《うら》んだ。

「レネレットさま、神殿で何かあったんですか？」

馬車の中、向かいに座るリズが不思議そうな顔をして私を覗《のぞ》き込んでくる。

「神父に結婚を諦めろと言われたのよ！　頭にきちゃう！」

「あら……」

「だから、何がなんでも結婚してやるわ。次のパーティーはいつかしら？　そこで必ず相手を掴《つか》まえて、ご自分の発言を撤回《てっかい》していただこうじゃない！」

私は拳《こぶし》を握りしめ、高らかに宣言したのだった。

第2章　やってやるわよ、結婚を

神殿を訪ねてから、一週間。

私は屈辱のあまり打ちひしがれていた。

あれ以降、平民が出入りできるパーティーに行けば、オスカーの妨害に遭《あ》って何もできずに撤退。やっと貴族限定のパーティーに出席できたと思ったら――

ねえ、なんでっ？　どうしてどいつもこいつも私を振ったヤツばかりなわけっ！

今日の私は、ゴットフリード家と古い付き合いのあるランバーグ伯爵家が催《もよお》す夜会を訪ねていた。そのパーティーに現れた男性たちはみんな私の顔馴染《かおなじみ》であったが、既婚者《きこんしゃ》だったり難癖《なんくせ》をつけてお見合いを断ってきた人物だったりで、婚約者候補にすらならない人ばかり。しまいには「結婚相手は見つかったか？」などとからかわれてしまった。

解《げ》せぬ……。なんで私がこんな目に。

パーティー会場の大広間。明かりがあまり届かない壁際で、私は呪いの視線を男どもに送りながら帰りどきを探る。こんな場所にいたところで、時間の無駄だろう。挨拶せねばならない人とはもう顔を合わせた。適齢期なのに縁談が来ない令嬢として好奇の視線を向けられ続けるのも癪《しゃく》である。

あーあ。他家のパーティーに期待したのがそもそもの間違いかしらね。うちで開催するか、あるいは遠方に領地をお持ちの貴族さまのパーティーを積極的に狙っていくのが吉かしら。

努力をしなくても出会いがあるのなら、とっくの昔に結婚できている。猶予《ゆうよ》もどんどん短くなっているのだから、うかうかしてはいられない。

「よし」

ため息をついたら負けだ。声を出して気合を入れ直し、私は広間の中央へ一歩を踏み出す。

すると。

「どうだ？　男漁《おとこあさ》りは順調か？」

そんな失礼な言葉を平然と投げかけてきた男の声に覚えがあった。

私は正面に立ち塞《ふさ》がっている背の高い彼の顔を見るべく、ゆっくりと視線を上げる。

そこには、私の幼馴染《おさななじみ》が立っていた。

幼い頃は金髪っぽく見えていた髪は成長と共に色が濃くなり、現在は誰が見ても茶色と言うだろう短髪。その毛先は癖《くせ》が強くていつも逆立っている。今日も絶好調らしく、重力に逆らっていた。ワイルドな雰囲気がいかにも彼らしくて似合っていると思う。

顔立ちは整っていて、焦《こ》げ茶色の瞳がとても綺麗。鋭い目元に全体の印象が引きずられてしまうのか、野性味溢《あふ》れるギラついた雰囲気の青年だ。昨今《さっこん》の貴族女性の好みの傾向はウットリしてしまうほど甘く優しい柔和《にゅうわ》な顔なので、あまりモテないタイプだとも言える。惜しい。

歩けるようになった直後から剣技を叩き込まれているだけあって、胸回りや腕が筋肉質だ。だからといって筋肉の塊というわけではないところに好感が持てる。鍛《きた》え方がよかったのか、スタイルがいい。今日の燕尾服《えんびふく》もお似合いだ。

そんな幼馴染《おさななじみ》の名前はエイドリアン・ランバーグ。伯爵家嫡男《ちゃくなん》で、二十五歳。私とは八つも年が離れているのだが、とても話が合う。そんな年上の彼と気を使わないやりとりができるのは、転生を繰り返した私の精神年齢がこの肉体の年齢よりも高いからではなかろうか。

エイドリアンは私の婚約者候補として我が家で真っ先に名を挙げられた人物であるが、彼はフローレンス・ヴォーゲルトという侯爵令嬢に求婚されるなり、あっさりそっちになびいてしまったのだった。

「あーら、そちらはご自分の家のパーティーなのをいいことに寝癖全開《ねぐせ》でいらっしゃるのね」

逆立った髪は天然のものだと主張する彼は、私がこんな感じでからかうとすぐ怒る。

案の定、エイドリアンはさっそく睨みつけてきた。

「何度も言うが、これは癖毛《くせげ》だ」

「どうかしら？　もっと伸ばしてみればわかるんじゃなくって？」

「今日はずいぶん突っかかるな」

「そりゃあもう、アテが外れてガッカリ意気消沈《いきしょうちん》しているところに追撃されたら噛みつきたくもなりますわ」

エイドリアン相手であれば、私はいつもこんな調子だ。物心がついた頃から互いをよく知っている。恋愛感情が芽生《めば》えなかったのは、兄妹《きょうだい》のように近すぎる存在だったからかもしれない。家の領地も隣接していて、王都から離れる冬季にも頻繁《ひんぱん》に顔を合わせるので、家族の次によく会う人物だ。

まあ、私がしたいのは結婚であって恋愛じゃないから、そんなのはどうでもいいっちゃあいいんだけど。

大袈裟《おおげさ》なノリで返せば、エイドリアンは私の肩に手を置いた。顔を見るといつになく真面目な表情をしている。

うん？　あなたの真面目な顔って威圧感があって超怖いんですけど。女の子相手にするような顔じゃないって、わかってる？

指摘の言葉が引っ込む程度には私も怯《おび》えている。何か気に障《さわ》ることでも言ってしまっただろうか、髪の話題以外で。

エイドリアンは深刻な話をするかのように私の耳元に唇を寄せた。

「レネレット。ちょっと話がある」

「はい？」

ここで話すのかと思ったら、違うらしい。エイドリアンは私の手を引いて歩き出した。かなり強引。まあ、いつもそんな調子だけど。

「ねえ、待って。こんなところをフローレンスさまに見られたらまずいんじゃなくって？男女で二人っきりっていうのは、さすがに」

会場の端《はし》をつかつかと早足で進んでいくエイドリアン。彼は周囲の視線を完全に無視していた。

今日のパーティーではフローレンスさまの姿を見ていない気がするが、たとえ本人がいなくても、後で誰かがこの様子を彼女に伝える可能性がある。婚約者をさしおいて他の女性に手を出すなど、この国の男子としてあってはならない。

私としても彼女に恨《うら》まれたくはない。売られた喧嘩はなんでも買ってしまう強気な性格だという自覚はあるものの、自分から喧嘩を売ってまで争いがしたいわけではなかった。

先を歩くエイドリアンがチラッと振り向いて私を見た。

「心配するな。彼女との婚約は解消したから」

「え、ええ?」

侯爵令嬢との婚約を解消――ということは、婚約破棄されたということだろうか。相手は格上のお嬢さんなのだから、基本的にはランバーグ家側から断ることはできないはずである。しかし、そもそも向こうから持ちかけてきた婚約を破棄されるなんて、よほどのことがなければありえない。

エイドリアン、あんた、一体何をした?

会場を出ると、すぐに屋敷の一室に連れ込まれた。覚えのあるそこはエイドリアンの寝室だ。幼少期に訪れた時から場所が変わっていなければ、だけど。

「さてと――まあ、座れよ」

ベッドに座るように勧《すす》められたが、私は警戒して窓枠に腰を預けた。わずかに開いているそこからは涼しい夜風が入ってくる。複数の花の香りが混じっているのは、この下が庭だからだろう。そろそろ薔薇《ばら》が咲き始める時季だ。

「話って何？」

エイドリアンの座るベッドと私の腰かけた窓枠は位置的に向かいにある。顔を合わせると、エイドリアンはニッコリと笑った。

「さっきも言ったが、フローレンス嬢との婚約は解消になった。さらに俺は今、恋人もいない」

「はぁ、そうですか」

かつて私を振った男の恋愛事情など興味はない。愚痴《ぐち》なら他の相手にしてほしいと思う私に、エイドリアンは続ける。

「そこで、だ。お前に現在恋人も婚約者もいないなら、俺と結婚を前提に付き合わないか？」

「……え」

聞き間違いだろうか。

私は今どんな顔をしているだろう。きっと口をあんぐりと開けて、エイドリアンを見下ろしているに違いない。

「は？　何言って……」

「いや、どうしても嫌だっていうなら他をあたるんだが……俺としてはお前がいいと思っている」

「えっと……」

その時、あの憎《に》っくきオスカー神父の無駄に整った顔が脳裏をよぎった。

これは千載一遇《せんざいいちぐう》のチャンスじゃない？

オスカーからはこの世で結婚できないと宣言されてしまったが、ここでエイドリアンの申し出を受け入れれば、とりあえず結婚に向けての確実な一歩は踏み出せよう。

内心で打算を働かせる私を見て、困惑しているとでも考えたのだろう。エイドリアンはさらに続ける。

「ほら、フローレンス嬢との婚約は侯爵家からの申し入れだったたし、そうなるとこっちからはそうそう断れないだろ？　だから嫌と言えなかっただけで、俺としては、レネレットがいいと思っていたんだよ、だいぶ昔から。お前はどうなんだ？」

この男、幼馴染《おさななじみ》だけに、とんだ策士であることを私はよく知っている。

何かを始める時の根回しは慎重だし、相手を騙《だま》す時の演技は役者さながらに堂々としている。味方になるなら心強い存在である一方、敵に回ったらかなり厄介になる――それがエイドリアンという人だ。

私としては結構評価しているのに、どんなことをしでかせば、向こうから言い寄ってきたはずの相手に逃げられるのかしらね。

私はエイドリアンの一挙手一投足《いっきょしゅいっとうそく》に注目することにした。

「本当に……本当に私でいいの？」

戸惑う乙女を演出。ここは素直に、というか焦ってがっつくよりも、この世界で好ましく思われる令嬢らしい振る舞いをしておいたほうが無難だろう。

「そりゃあ、お前しか考えられないからこんなことを言っているんだろ？　今は互いに相手がいないから気軽に顔を合わせられるが、結婚したらそうはいかない。俺としてはお前とくっだらない言い合いをするのが楽しいと感じているんだ――それこそ毎日してもいいと思うくらいに。そういうことができるのはお前だけなんだよ」

いつになく長い台詞《せりふ》に、エイドリアンの本気が窺《うかが》える。

むしろ、これってプロポーズ？

私は思わず目を瞬《しばたた》いた。だってもっとこう、軽い感じのお誘いなのかと考えていたのだ。

フローレンスさまとの婚約が白紙に戻ったので、振られても、次のオンナくらいすぐに用意できます、って感じで、彼女への当てつけにしようとしたのではと予想していたのだが。

でもまだ油断はできない。結婚を前提にと言い出したのは、私が結婚を急いでいるのを知っているからであって、本当は体《てい》のいい恋人役が必要なだけではないのか。

「な……なんでそんなに必死なのよ？」

女性は婚期を急ぐ傾向にあるが、男性は女性と比べたら気楽なものである。

エイドリアンは私より八歳上の二十五歳だが、初婚で二十五歳という年齢は早くも遅くもない。結婚を家督を継ぐ条件とする家も存在するものの、ランバーグ家にそういう事情はなかったと思うし、エイドリアンもそこは別に急いでいないはずだ。

すると、彼はばつが悪そうに頭を掻いた。

「それはお前が結婚を急いでいるからだろうが。お前の幼馴染《おさななじみ》ということ以外に、俺にアドバンテージはない。おそらく他の候補者が出てきたら負ける。うちは食うのに困らない程度には金もあるけど、贅沢《ぜいたく》できるほどじゃないしな……」

その言葉に、少なくとも、私をからかうために言い出したわけではないことは確かだと思えた。何か裏があるかもしれないと一応まだ疑ってはいるが、調査は後回しにしよう。

エイドリアン、私、この話に乗るわ。

「そんなことないわ」

うなだれたエイドリアンを見て、私は窓枠から下りて彼の手を取った。両手で包み、彼の顔を見上げる。そのタイミングで慈愛に満ちた笑顔を作った。

「こんなにもあなたに想われていたなんて、私……。私こそ、昔からあなたと結婚できたらと思っていたのだけど、侯爵令嬢に求婚されたと聞いて黙って引き下がったの。こうして胸の内を明かしてもらえて嬉しい……」

ここですっと涙を零《こぼ》せば完璧だ。引き寄せた彼の手を自分の頬に当てて、そこに涙を落とす。実は私、こういう演技は得意である。

よーし、これで婚約はバッチリね！

エイドリアンが慈《いつく》しみの目をこちらに向け、ゆっくりと目を閉じた。

待って。こ、これはキスの体勢では――？

顔が近づいてきて、私は焦る。

そ、そうよね。こういう雰囲気になれば、キスくらいするのが普通だもんね。今あからさまに逃げたりしたら、せっかく感激の涙まで演出したのが台無しになってしまう。

とはいえ、じっとしていられるのも限界があった。

ごめん、エイドリアン。私、今はできない！

心の中で詫《わ》びて、私は彼の唇に自分の人差し指を押し当てた。

「キ、キスは誓いの儀の時に」

「ウブだなあ。でも、そこもいいな」

エイドリアンは意外とすぐに諦めてくれた。代わりに私をベッドへ座らせ、自身も近すぎず遠すぎずの距離に腰を下ろす。距離の取り方に幼馴染《おさななじみ》特有の意思疎通《いしそつう》を感じる。ちょっとしたことだが、そこにエイドリアンらしさが感じられてホッとした。よかった。もういつもの彼だ。

押し切られたらどうしようかと思った……

胸がとてもドキドキしているのをエイドリアンに悟られていなければいいのだが。

それにしても、少々手が早くないだろうか。さっきは互いが婚約に同意したのであればキスくらい交わすものだろうととっさに判断したものの、今はそんな風に思えてきた。昔からの意中の相手に婚約の承諾を得られた喜びのためと思えばマイナス評価とまではいかないが、やはり私の気持ちをもっと考えてほしいとわがままなことを思ってしまう。

いや、だって、私、こういう経験初めてなんだもの。

「詳しい話は明日、ゴットフリード家に手紙を送っておく。それをお父上に読んでもらって、正式に手続きをしよう」

「ええ。こういうことは早いほうがいいものね」

内心の揺れ動きはさておき、微笑み合う。私がよく思い描《えが》いていた、婚約が決まった男女の幸せな時間だ。

屋敷まで送るとの申し入れを素直に受けて、私はランバーグ家のパーティーを後にしたのだった。


エイドリアンが約束したように、翌日の昼過ぎには早くも手紙が届き、私たちは晴れて婚約する運びとなった。両親は喜んでくれたし、彼らの安心した顔を見たら私もホッとした。今世の両親は娘の心配をしてくれるいい親だ。

「うふー。これで念願の結婚ができるわー」

私は手紙を抱きしめて、広い自室の中をくるくると舞い踊った。こんなに嬉しいことったらない。

ひとしきりはしゃいだあと、ベッドに飛び込み天井を見上げる。

オスカーは、私の伴侶《はんりょ》となる人はこの世界にはいないなんて言ってたけど、あいつの言うことを真に受けた私がバカだったわ。

そこでふと閃《ひらめ》いた。

「そうだ！　婚約が正式に決まったら、あのエセ神父に報告に行ってやろう！」

黒髪のエセ神父――オスカーはどんな顔をするだろうか。絵に描《か》いたような不気味な笑顔を崩さないのか、悔しそうにあの美しい顔を歪《ゆが》めるのか。それとも事務的に淡々と対応して、この神殿で結婚式をしてはどうかと切り出してくるだろうか。

彼のやりそうな行動を想像してみる。どれもそんなに違和感はない。

「そういえば、婚約の気配が漂《ただよ》い始めるといつも邪魔されていたんだっけ……」

今までの前世のことを思い出す。あの神父と同じ顔をした彼は、私が婚約しようとするといつも行動を起こしていた。つまり婚約が決まったとしても、ゆくゆくは撤回《てっかい》するハメになるかもしれないのである。

うーん。となると、黙っておくべき？

真剣に思案した結果、今までの前世において、明かそうが黙っていようが、どちらにせよオスカーによって婚約を妨害されている事実に気づいた。だとすれば、エイドリアンのほうに注意を促《うなが》す目的でオスカーと顔合わせをさせておき、どんな横槍《よこやり》を入れられてもエイドリアンが心変わりをしないよう、彼との絆《きずな》を深めておくのが安全ではなかろうか。

うん、これが最善。悪いけど、今回は邪魔させないわ。

オスカーがどんな手を使って邪魔をしてくるかはわからない。これまでだって、私はいつの間にか彼の術中にはまっていて、対策を立てる間もなく婚約相手との関係が終わってしまった。神業的《かみわざてき》な手腕である。

特に貴族の結婚は成立するまでに時間がかかるから、邪魔し放題よね。エイドリアンへのアプローチを欠かさず頑張ればどうにか持つかしら……

この国における貴族間の結婚には、しかるべき手順がある。まず、婚約ののちに家長の署名と当人たちの署名が入った結婚の申請書を作成し、国に提出する。それを王が承認したら書面上の結婚が成立、承認した通知が当人たちに届いて初めて公《おおやけ》に結婚が認められる。ゆえに、申請から一ヶ月以上待つのはざらであり、長くて半年待ち。それなりに時間がかかることになる。結婚成立までに第三者が口出しするチャンスも多い。

「……それにしても、エイドリアンが結婚を急ぐ理由はなんなのかしら？」

婚活中の幼馴染《おさななじみ》を娶《めと》るために急いだのだという説明を、そのまま信じている私ではない。むしろ、何か裏があるのではと疑っている。

なぜなら、侯爵令嬢フローレンスはエイドリアンに夢中だったはずだからだ。彼の目が他の女に向くのを嫌がる素振りを見せる程度には嫉妬深い人だとも感じていた。

それなのに、彼女のほうから婚約破棄をする？　不自然だ。納得できない。彼女の態度を思い返すに、多少の疵《きず》には目をつぶってでも結婚してしまいそうな勢いに見えたんだが。

そもそも、フローレンス嬢がエイドリアンを見初《みそ》めたのは、彼が兵役《へいえき》に就くために一時的に軍にいた時。王家主催のパーティーでちょっとした事件が起こり、警備に駆り出されていたエイドリアンが大活躍をしたのだとか。幼い頃から鍛《きた》えてきた成果が出たのだろう。確かその件では勲章《くんしょう》も賜《たまわ》っている。

フローレンス嬢が年頃を迎え、兵役《へいえき》から解放されたエイドリアンと結婚したいと言い出したのは一年ほど前のことだ。サクサクと婚約を取りつけ、結婚まで秒読み段階だったはずなのだが。

エイドリアンの悪い噂は今のところ私の耳に入っていない。水面下で何かが起きたということだろうか。

そうでないならば、フローレンス嬢側に何か起きたということになるが、彼女側についても特に気になるような噂はない。

身内に反対する人が出てきたのかしら？　侯爵家の令嬢と伯爵家の嫡男《ちゃくなん》だと身分差があるし……

考えれば考えるほど、薄気味悪い。

「やっぱり調べておくか……」

気になることを放置できないのが、私レネレットの性分である。事情を聞いてもお茶を濁《にご》すばかりのエイドリアンに業《ごう》を煮やした私は、使用人に彼の近況を調査するよう手配した。

よほどのことがなければ、彼と結婚したいけどね……。

私にとってエイドリアンは頼れる兄貴分だ。ずっと付き合っていけたらいいと思える相手。彼も言っていたが、お互いが貴族であることを考えると、なんでも言い合える関係が貴重だというのも本当なのだ。

悪い結果になりませんように。

私は密《ひそ》かに祈ったのだった。

三日後。私とエイドリアンの婚約が成立した。

婚約は家長同士が承認することで成立する。互いが遠方にいる場合は書簡でやりとりをすることもあるが、今は貴族たちが王都に集《つど》っている夏季だ。なので互いの家族を含めて顔を合わせて食事会などをしながら婚約を決めた。

そもそも、ゴットフリード家とランバーグ家の領地は近いので、冬季であったとしても気軽に行き来できるのだけど。

「はー。これでとりあえず問題なし、と」

父が「あの神殿で話をするのはどうだ？」などと言い出した時にはどうしようかと思ったが、私が大反対をしてなんとか回避できたのは本当に助かった。多くの人間にとって縁結びの神さまが住まう場所であるとはいえ、私にとっては縁切り男がいる場所だ。あんなところで話を詰めて婚約が決まるわけがない。

それを置いても、今回の縁談はちょっと妙なのだ。

婚約の場に現れたエイドリアンは、私にすぐ結婚しようと言い出した。婚約は成立したのだから、当然私の結婚相手探しも終わるわけで、これ以上慌てることはない。むしろ貴族の結婚では式の準備がいろいろあるので、そのために長めの婚約期間が存在するというのに。

それに、身辺調査の結果が……確定ではないにしろ、なんか怪しいのよね……

エイドリアンは最近自分で事業を起こし、それを軌道《きどう》に乗せるために資金を必要としているらしい。

この前の婚約の顔合わせの時のことだ。私が席を外している間に、彼が父に融資《ゆうし》の話をしていたのを立ち聞きしてしまった。それに、違法取引をしているのではないかと怪しむ人の声も私の耳に入っている。

幼馴染《おさななじみ》で互いをよく知っているのだから、婚約期間は短くてもいいだろうと詰め寄るエイドリアンに対し、私はお見合い相手の候補者たちに断りの連絡をきちんとしてからにしたいと告げて話をかわした。なんとか時間稼ぎはできたが、いつまでそれで逃《のが》れられるかはわからない。結婚を前提とした関係だけど、書類を揃えて即結婚……とは踏み切れない慎重派の私である。

「ま、それはそれとして。あのエセ神父の驚くところが見られそうね！」

良縁を結ぶと言われている神殿に一緒に行きたいと誘えば、エイドリアンも悪い顔はしなかった。互いの予定を調整し、来週中には行けることになっている。

ふふふ……オスカーめ。絶対に前言撤回《てっかい》をしてもらおうじゃない！

あの因縁の神父の反応を考えると心が躍《おど》る。そして、これで顔を合わせるのも最後になるだろうと思うと、ことさら楽しかった。

＊＊＊

ランバーグ家が用意した馬車に乗り込み、いざ神殿へ！

本日の天候は大雨で、お世辞にもいい天気などとは言えないが仕方あるまい。そんなことで文句を言うほど、私は狭量《きょうりょう》ではないのだ。

「おい……ずいぶんとご機嫌だな」

馬車の中、正面に座っているエイドリアンが若干——いや、かなり引いている。近い将来、奥様になる相手に対してその態度はどうかと思うんだけど。

「うふふ。未来の旦那さまとデートなんですもの。浮かれるのも道理なんじゃないかしら？」

私ははにかんだ笑みを作ってそれらしい理由をさらっと返す。

本当はあのエセ神父をギャフンと言わせてやることを楽しみにしているからなのだが、事情を知らない彼に説明しても伝わらないだろう。

「まあ、そういうものか」

エイドリアンはいまいち納得していなさそうな上、私の発したデートという言葉に照れた様子も特に見られない。むしろこれでこの話は終わりにしてしまいたいというような印象を受ける。

　私はそれとなく探りを入れることにした。

　実は先日立ち聞きしてしまった内容以外に、うちの使用人たちからも、彼がこっそりとゴットフリード家の屋敷を訪れてはお金の話をしていたとの情報を得ているのだ。彼がお金を必要としているのは間違いない。

「あら、浮かない顔ね。まるで事業の負債《ふさい》が膨《ふく》らんで困っているみたいな顔つきよ?」

　すると、エイドリアンは肩を少しだけビクッとさせた。

「変な表現を使うな。縁起でもない」

「そうですわねー」

　これは怪しい。

　私が密《ひそ》かに疑っていると、エイドリアンは雨でほとんど視界が遮《さえぎ》られている窓の外に目を向けた。

　って、ちょっとっ! 話題を変えたいなら、せめて私の姿を褒《ほ》めるなりなんなりしてよ! 雨天なのに気合を入れておめかしをしてきた私に対して失礼じゃない? シズトリィ王国の男子だったら、ここはドレスの一つでも褒《ほ》めて婚約者の機嫌を取っておくところじゃないの！

そういえばエイドリアンは、私の格好に対しては昔から無頓着《むとんちゃく》であった。だが、仮にも昔から好きだった相手というのなら、そういう些細《ささい》な変化に気づいて褒《ほ》めるものなのではないか。

一応今世の容姿のおかげで、私は殿方から賛辞をもらう機会が多い。だからと言って慣れているわけではなく、どんなことでも褒《ほ》められたら嬉しい単純思考の持ち主だ。ここは「可愛い」とか、「雨なのにそんなに着飾ってもったいない」とか言ってほしい。乙女心というやつである。

期待しすぎかしらね……

誰であっても結婚できればいいと思っていたし、その相手がよく知る幼馴染《おさななじみ》になりそうだと感じた時はそれなりに嬉しかった。互いの両親が揃って婚約に必要な書類をまとめたり話し合ったりする場に同席した時だって、困難が待ち受けていたとしても一緒に乗り切っていきたいと前向きに考えていたくらいだ。

――なのに、今は不安だ。

何度目か前の世界の言葉で言うならば、これはマリッジブルーというものだろうか。今までは婚約に持ち込めたことがほぼなかったから、こんな気持ちは初めてなのだ。

エイドリアンの事情も気になるし……資金を必要としているという話が本当なら、彼は私との結婚を絶対に望むはずなのよね。

とにかく、この縁談の先に婚約破棄はありえない。

まあ、お金だけの問題なら、夫婦になるよしみで私がどうにかしてあげるわ。多少借金があったとしても、これまで培《つちか》ってきた知識でどうにかするから任せなさい！

雨は激しさを増している。

重い空気になってしまった馬車に揺られている間、特に会話はなかった。最初は退屈だったのだが、彼との今後のことを考え始めたり、エセ神父オスカーにどう自慢してやろうかと想像したりしていたら、あっという間に神殿に到着した。

「おやおや。こんな大雨の中、わざわざそんなおめかしをして訪ねてきていただけるなんてとても光栄です、レネレットお嬢さま」

嫌みったらしい言い回しで玄関に現れたのは、荘厳《そうごん》な衣装に身を包む黒髪緑眼《りょくがん》の眼鏡神父——オスカー・レーフィアルだった。本心では何を考えているのかさっぱり読めない、貼りつけたような笑顔を私たちに向けている。

「あらあら、わざわざ出迎えていただけるなんて思いもしませんでしたわ、神父さま。

雨が打ち付けておりますから、そこだと濡れてしまいますわよ？」

実際雨脚《あまあし》は強く、声を張り上げるようにしなければ相手に声が通らないくらいの勢いがある。皮肉るように私が返せば、オスカーは表情を変えずに喋《しゃべ》り出した。

「僕を探すのに神殿の中を水浸《みずびた》しにされるよりは、こちらから出向いたほうがよかったもので」

にこやかな顔をしているが、私には彼の背後に黒いオーラが見えた。

オスカーとのやりとりに思うところがあったのか、エイドリアンが私の脇を小突く。

そして、少しかがんで私の耳元に唇を寄せた。

「おい、彼は知り合いか？」

「ええ、まあ。ここは私の父が寄付をしている神殿なので」

そう説明しておけば、概《おお》ね問題はなかろう。私の短い言葉に、エイドリアンは一つ頷《うなず》いて離れた。

「初めまして、神父さま。俺はエイドリアン・ランバーグと申します。こちらが良縁を結ぶことで有名な神殿だと聞いて婚約者と共に参じたのですが……どうやらご迷惑だったようですね」

オスカーの言葉に対し、エイドリアンなりに思うところがあったのだろう。ご迷惑だったようですね、の部分を強調して告げているあたり、対抗意識が丸出しだ。

私もオスカーの言動は腹に据《す》えかねていたので、エイドリアンの腕を取って自分の腕を絡める。

「まったくですわ。私たちは『婚約者』としてすでに結ばれているから、縁結びの必要がないのでご迷惑ってことでしょうね！」

婚約者、の部分をはっきりと言ってやる。これで私の目的は達成できたも同然だ。

さて、どう出る？

勝ち誇った気分でオスカーに視線を向ければ、彼は目を光らせてニタァと不気味に笑った。

「ほう……あなたが」

オスカーは目を細め、ゆっくりとエイドリアンを眺める。頭のてっぺんから足の先までじっくりと品定めをするように見つめ、それから顔に目を向けた。

「――そうですか。僕は縁結びの神に仕える身なのですが、あえてお伝えしましょう。あなた方のその縁は切ったほうが互いのためになります。婚約はよくよく考えたほうがよろしいかと」

「ちょっ！　あんたね！　なんでまたそういうことをっ！」

私はエイドリアンの腕を離し、オスカーに詰め寄る。見上げて睨みつければ、彼は笑顔のまま唇をわずかに動かし囁《ささや》いた。

「あなたの直感を信じなさい」

——え？

屋根を叩く雨の音がうるさい。だから、彼が本当にそう言ったのかどうか確信が持てなかった。わかるのは、今のオスカーの言葉は私にしか届いていないだろうということだけ。

オスカーは私の腕を軽く押して距離を取った。

「あっ」

押されて数歩後退した私の身体を、エイドリアンはちゃんと支えてくれた。鍛《きた》えられたたくましい腕に支えられると安心する。

「あ、ありがとう」

「どういたしまして」

短い会話を交わす私たちに、オスカーは冷《ひ》ややかな目を向けていた。器用にも顔は笑顔のままなので不気味さが増す。

「——こういう縁は急《せ》くものではありません。時間を惜しむことなく互いが納得できるまで話し合い、最良の縁を結ぶことを僕は強くお勧《すす》めします」

そう助言し、オスカーは鋭い視線をエイドリアンに向ける。エイドリアンはその視線に応じてオスカーを睨み返した。

「エイドリアンさん、とおっしゃいましたか。あなたがレネレットさんのことを心から想っていらっしゃるのなら、今後の言動には注意なさい。縁結びの神に仕える神父からの忠告です」

忠告……？

なぜかオスカーの言葉が私の耳に残った。彼の台詞《せりふ》を反芻《はんすう》し、検討しようとしたところでエイドリアンが動き出す。まず舌打ちが聞こえた。

「ったく、失礼なやつだな。――レネレット、もう帰ろうぜ」

「ええ、そうしましょう、エイドリアン」

踵《きびす》を返し玄関へ戻る彼の背を私はすぐに追いかける。ちらりと振り向いた時に見えたオスカーの顔は、ちょっとだけ悲しげに感じられた。

その後うちに寄らないかと誘ってきたエイドリアンに対し、私は天気が悪いことを理由に断った。少しごねられたが、最終的には私の意見を尊重してくれたので、ゴットフリード家の屋敷でお別れをする。

エイドリアンの近くにいるのは、実はちょっと危険な気がしてきている。この前キスを迫られた時はかわせたし、今日も彼の家に行くのは回避できたが、どことなくそういうことを求められていると感じるせいだろうか。

家に行くのは断って正解だったかもしれないわね。

恋人同士であれば、結婚前にキスをすることも、身体に少しだけ触れるのも、よくある行為だと噂で聞いている。別段おかしなことではない。

これが本当にただの愛情表現なら、逃げる必要もないんだけど……

調べれば調べるほどエイドリアンを信用できなくなる自分がいた。

――父から融資《ゆうし》を得るためだけに私との結婚を望んでいるのではないか。婚約破棄をさせないために、さっさと既成事実《きせいじじつ》を作ろうと企《たくら》んでいるのではないか。

愛情のない結婚でもいいと思っていたけど、幼馴染《おさななじみ》にそんな態度を取られたら、裏切られた気分になるのは、私のわがままなのかしらね……

雨音《あまおと》を聞きながら、私はオスカーがこっそり告げてきた言葉を思い出す。

「直感……この結婚は危険な気がする……」

私は改めて、自分がどんな結婚を望んでいるのか、考え直し始めたのだった。

＊＊＊

婚約してからひと月経《た》った。

あれからエイドリアンとはしばしば一緒に出かけている。

街での買い物も一緒。観劇に行くのも一緒。パーティーでも互いが婚約者であることを周囲にアピールし、共に過ごすことが増えていた。おかげで他の人からエイドリアンについて聞き出すことができなくなってしまったのは想定外だが、お付き合い自体は順調と言える。

今夜はヴォーゲルト侯爵家主催の仮面舞踏会だ。つまり、エイドリアンの元婚約者、フローレンス嬢の実家である。

「ねえ、エイドリアン。あなた本当に参加するつもりなの？　いいのよ、無理しなくて」

ヴォーゲルト家の屋敷へ共に馬車に乗ってやってきたエイドリアンに私は告げる。普通に考えて、婚約破棄された相手の家を日が浅いうちに再訪するなど、肝《きも》が太すぎる。

エイドリアンは仮面の位置を確認すると、ふっと笑った。

「どうして俺が逃げる必要がある？　向こうから声をかけてきて、そのくせ向こうから断ってきたんだ。俺自身に問題があるようには思えない」

「でも」

「それに、今夜はみんな仮面つきじゃないか。気にすることないさ」

仮面を用《もち》いるのは、立場や身分の差を気にせずにパーティーを楽しんでほしいという主催者の配慮によるものだ。会場内ではあちこちで仮面を被《かぶ》った男女が親しげに喋《しゃべ》っている。仮面をつけることで無礼講《ぶれいこう》となり、爵位に関係なく互いを尊重した社交の場となるのだ。

ただ、たいていの場合、仮面をつけていたところで相手の素性はわかるのだけれども。

エイドリアンはそれを自分に都合のいいように解釈したらしかった。

「それはそうだけど……」

「ほら、行くぞ」

エスコートのためにエイドリアンが手を差し出すので、私はしぶしぶその手を取る。

あの後追加調査で判明したことだが、侯爵家が婚約を解消したのは、フローレンス嬢の気が変わったから——という理由だけではないらしい。

フローレンスさまとお話しできるチャンスがあればいいけど、エイドリアンがぴったりくっついている間は無理よね……

男性が女性をエスコートするのはマナーなので仕方があるまい。しかし、このひと月の間にあったパーティーでのやりとりを思い出すと、やはり難しいだろう。なんせ知人と顔を合わせた時でさえ挨拶を交わすだけで長話は許されないのだ。

最初はエイドリアン以外の男性と喋《しゃべ》るのをよしとしないヤキモチ的なものだろうかと好意的に解釈していたが、それが女性相手にも及んだ時に考えを改めた。

エイドリアンは、なんらかの理由で私にパーティーの参加者たちと話をさせたくないのだ。

ますます怪しい……

歓談、軽食、ダンス。そのいずれもエイドリアンの隣で過ごした。彼は事業関連で親しくなった知人だという数人と喋《しゃべ》っていたが、どうも私には聞こえないように、あるいは聞こえても意味がわからない符丁《ふちょう》を使ってやりとりしている。

「私、席を外していましょうか？」

長話になりそうな気配を察してエイドリアンに告げると、彼は話を切り上げてこちらに向き直った。

「すまないな。つい話に夢中になってしまって」

「お仕事の話なのでしょう?」

「ああ、まあ……」

私が問えば、エイドリアンは語尾を濁《にご》した。

どうしてはっきりと仕事だって言わないの?

そういうことをされると、相手との関係を私に隠そうとしているように感じてしまう。

信用してくれないことへの憤《いきどお》りよりも、不安や不信感が感情を支配する。

「私には難しくて理解できないのですが、ずいぶんと頑張っていらっしゃるのね。お身体には気をつけてくださいね」

彼らの話が理解できないのは、本当はそれが理由ではない。ただ、そういう言い方をしておけば、エイドリアンが喜ぶであろうことを私は知っている。

案の定、エイドリアンは嬉しそうに笑った。

「心配させてすまないな」

「いえ。私にも何かお手伝いできればいいんですけど……お仕事のことは女が出しゃばるものではありませんもの」

「良き理解者でありがたいよ」

彼は困ったように笑った。

なんでそんな顔をするのだろう……。

その答えを私はなんとなく察している。エイドリアンは私と父を騙《だま》してお金を巻き上げるつもりなのだろう。経営に失敗して業績が傾《かたむ》いた事業のために。

そして、その事業というのが、また問題なのだ。その内容は――

私は不安な気持ちとは裏腹に、小さく胸を張った。

「そりゃあ私は、あなたの幼馴染《おさななじみ》ですもの」

「そうだな、レネレット」

そんなやりとりをして、時間を過ごす。そのうちに私はお手洗いに行きたくなった。

お手洗いの入り口までついてきたエイドリアンだが、さすがに中へは入れず、そこで一度別れた。

ここまでするってことは、やっぱり監視……なのかしらね。

用を済ませたところで、私はある人物とばったりと出くわした。

ふわふわのプラチナブロンドに仮面からのぞく青玉《せいぎょく》のような瞳。陶磁器《とうじき》のごとくなめらかな白い肌を持つ美少女は、私が会いたいと思っていたフローレンス・ヴォーゲルトだ。

私と目が合うなり、彼女は視線をささっと周囲に巡らし、何かを確認した。次いで早足で近づいてくる。

どういうこと？

こちらから声をかけようと思っていたのに、まさか向こうから来てくれるとは。手間が省《はぶ》けたと喜ぶ以上に、嫌な予感がする。

「レネレットさんですわね？」

「はい、フローレンスさま」

小声で名前を聞かれたので、こちらも同様に小さな声で応対する。精巧に作られた人形のような美少女はコクリと小さく頷《うなず》いた。

「あなた、エイドリアン・ランバーグから逃げたほうがよろしいですわ。婚約もすぐに破棄なさい。彼は違法薬物の売人です。犯罪者です。近々捕まります」

フローレンス嬢は私に早口で耳打ちする。その際も常に周囲を気にしている様子だった。

えっ……

とんでもない事実に、私は頭痛を覚えた。自分の身近な人間以外からの情報は真《ま》に受けないようにしようと自分に誓っていたのだが、一番事情を知っているだろう相手から信頼できそうな情報がもたらされてしまった。

しかも、もうすぐ逮捕される見込みだって。どうするよ、私。

エイドリアンは医療品、とりわけ薬品を輸入する仕事をしている。ただし、それは表向き。実態は、医療目的以外で使用する違法薬物を密輸入している、ということらしい。

なお、医療目的以外での薬物使用について、シズトリィ王国では取り締まりを強化しつつある。流通に関わっていると知られたら、エイドリアンの立場は危うくなることだろう。

「それであなたさまは婚約を破棄なさった、と?」

確認のために声を潜《ひそ》めて慎重に問えば、フローレンス嬢はコクリと頷《うなず》いた。

「ええ。由緒正しき我が家の家名に泥を塗るわけにはいきませんもの。あなたもおやめなさい。あなたたちが幼馴染《おさななじみ》で仲が良いことも存じていますが、あの方は共に人生を歩むには相応《ふさわ》しくないのではないかと……いえ、お互いに愛し合っているのであれば、余計なお世話というものですわね。私がそこまで彼を愛せなかっただけのこと」

そこでどこぞの婦人がお手洗いに入ってくる。フローレンス嬢はそちらをちらりと見やり、急いで唇を動かした。

「――私は確かにお伝えしましたわ」

そうして、フローレンス嬢は自然な所作《しょさ》でその場を立ち去った。

なるほど、ね。

侯爵家がどうやってエイドリアンの尻尾を掴《つか》んだのかは謎であるが、これで婚約破棄の真相はわかった。

さてと、私はどうしようかしらね……

エイドリアンを見捨てるか否《いな》か。罪の巻き添えを食らうのはごめんだけれど、それでも彼は、よく知る幼馴染《おさななじみ》。私を利用するために近づいてきたのだとしても、この程度のことならまだ許せる気がしていた。

エイドリアンのもとに戻ると、彼の手には細身のグラスが二つあった。

「おかえり、レネレット」

「ただいま。――それは？」

待っていた間に取ってきてくれたのだろうか。だとしたら気が利いている。グラスに注がれているのは見慣れない琥珀色《こはくいろ》の液体だ。

「さっき友人と会って、美味《おい》しかったからって勧《すす》められたんだ。お前も飲んでみろよ。美味《うま》いぜ」

そう告げて、量の多いほうのグラスを差し出してくる。

私が左右で違う液体の量を気にしていると、エイドリアンは苦笑した。

「ずっと喋《しゃべ》っていたから喉《のど》が渇《かわ》いてさ。先に飲み始めてしまったことは謝るよ。でも、味見くらいしておいてもいいだろ？　お前の好みの味かどうかも確認したかったし」

味を確認したうえで美味《おい》しかったと勧《すす》められると断りにくい。それに、私もしばらく何も口にしていなかったので、水分がほしいところではあった。

「……ありがとう。いただくわ」

受け取って一口含むと、芳醇《ほうじゅん》な香りが口いっぱいに広がった。口当たりが良く、果汁《かじゅう》にしてはずいぶんとさっぱりしていて飲みやすい。

これ、本当に美味《おい》しい。

ゴクリと飲み込むと同時に、私はそれがアルコールであることに気づいた。一口分なので大した量ではないのだが、すっかり油断していた自分に呆れてしまう。

酒なら酒と先に言っておいてほしいとエイドリアンを睨めば、彼はなぜかこちらの様子を注視しているようだった。彼のグラスの中身は全く減っていない。

エイドリアンはグラスの中身を本当に味見したのだろうか――そう疑問を抱《いだ》いて後悔したところでもう遅かった。お酒が身体を巡っている気配がして、気分が悪い。

一口だけなのにこんなに酔いが回るなんて。

そういえば、この身体でお酒を飲むのは初めてだ。耐性がなくて酔いやすい可能性はある。だとしても、この反応は明らかに異常な気がした。

待って。このお酒……何か混ざってる……？

視界が歪《ゆが》む。平衡《へいこう》感覚が麻痺《まひ》しだして、私はエイドリアンに寄りかかるように身体を傾《かたむ》けた。彼は優しく受け止めてくれる。

「……エイ……ド、リアン？」

彼の腕の中、私はどうすることもできずに身を任せる。エイドリアンの表情は仮面のせいで窺《うかが》えない。それが私を不安にさせる。

この症状がエイドリアンによってもたらされたものだとわかっていても、こうして身体の自由が利かない以上、他の人に助けを求めるのは難しい。婚約者の彼が助けを求めなければ、わざわざ声をかけようとはしないだろう。

失敗したわ。

「レネレット。気分が悪そうだね。今夜は帰ろうか」

気遣うようなエイドリアンの言葉。だがその声は、あらかじめ用意しておいた台詞《せりふ》をそのまま口にしたような違和感を孕《はら》んでいた。

「…………」

私は懸命《けんめい》に唇を動かすも、言葉は出ない。

「かかえるぞ」

あとはエイドリアンにされるがままだ。流れるような仕草で横抱きにされ、私は会場の外へと運び出されたのだった。

＊＊＊

あれから馬車に乗せられてやってきた場所はランバーグ家の屋敷であり、エイドリアンにかかえられて運ばれたのは彼の私室だった。

私の意識はかろうじて繋《つな》がっているといった状況だ。

ベッドに下ろされたと感じるなり、エイドリアンは迷う仕草もなく私を組み敷いた。

「エイドリアン……あなた、何を考えて……」

酔いが冷めてきたのか薬が抜けてきたのかはわからないが、私はなんとか声を出すことに成功した。しかし、震え混じりの声はとてもか細い。

「あのご令嬢に有ること無いこと吹き込まれたんじゃないか？　お前は俺だけを信じて

いればいいんだ」

強い語気に苛立《いらだ》ちが滲《にじ》み、私を押さえる手にも力が籠《こ》もった。

どうやらフローレンス嬢と私が話をしたことに彼は気づいていたらしい。

私を見下ろすエイドリアンの顔は仮面で隠されているが、冷たい視線を向けられているのを感じた。

「だ、だったら、私が信用できるように証明してよ」

あなたの行いが私を不審がらせているのだと、エイドリアンはどうして考えないのだろう。

彼は私が何かを知りたいと示した途端、いつだって逃げてしまう。だから本人に聞くのを諦め、親しい使用人に頼んで彼の身辺調査をさせたのではないか。私の思い過ごしで実際は何もないのだと、彼の潔白《けっぱく》を証明するために始めたことだったのに。

胸の痛みを感じながら、私は続ける。

「あなたにやましいことがあるから、私を監視するのでしょう？　私が知りたいことから遠ざけようとするんでしょう？　私はあなたを信じたかったのに、あなたが私を信用していないんじゃない！」

アルコールの影響もあるのだろう。黙って付き添ってきたこのひと月の不満が全て口から出てしまった。

信じるために調べていた。彼が困っているのなら手助けしたいと思っていた。

なのに、今は。

私の言葉を聞きながら、エイドリアンはこちらを静かに見下ろしている。窓から微《かす》かに入る月明かりだけというこの薄暗さの中、仮面が表情を遮《さえぎ》っているため、彼が何を思っているのか察することもできない。

逡巡《しゅんじゅん》するような間があって、エイドリアンは喋《しゃべ》り始める。

「――レネレット。俺はここで成功しなくちゃいけないんだ。もう、あとがない。お前をこんな形で巻き込んだことは、悪いと思っている」

まさかの懺悔《ざんげ》に、私は動揺した。彼を恨《うら》む気持ちが揺れる。

「じゃあ、もうやめましょうよ。私は結婚を急いでいたから、あなたに結婚を前提に付き合ってほしいって言われたことは嬉しかったけど、――婚約は白紙に戻しましょう?」

結婚しなくても、きっとエイドリアンを支えることはできる。もっとみんなが幸せになれる方法で。

幼馴染《おさななじみ》としての関係も、やり直せるならやり直したい。

彼と私の幸せを建設的な方法で模索したかった。

「悪いな。それは却下《きゃっか》だ。お前は俺の女になるんだからな」

私を押さえつける手にさらに力が籠《こ》もった。逃がさないという意思表示。

え、え、待って。そんなことをしなくても私に逃げられる体力なんてないよ？

これから自分の身に起こることに思い至り、私は必死に頭を巡らせた。なんとか交渉をして時間を稼ごう。

「は、話し合いましょう？　わ、私――」

身をよじるが無意味だった。薬入りだっただろうあのお酒の効果も絶大だ。喋《しゃべ》ることこそできるようになったものの、身体の自由はまだ利かない。

「痛めつけたりなんかしないさ。幼馴染《おさななじみ》なんだし、俺なりにお前を愛しているつもりなんだ。だから、ちょっと印《しるし》をつけるだけだよ」

「し、印《しるし》？」

両手が頭上でまとめられた。エイドリアンの片手が自由になり、私のドレスの胸元にかかる。その手が、服を引き裂くために添えられたらしいことはすぐに理解できた。

彼は私を犯すつもりだ。

すっと血の気が引く。

「いやっ、待って、エイドリアン！」

デコルテ部分が開いたイブニングドレス。その布地を押し上げる胸の谷間に、手袋をしたままの彼の指が掛けられ——強く引っ張られた。

ビリビリと音を立てて布が引き裂かれる。

と、その音に被《かぶ》せるように、扉が蹴破《けやぶ》られた。続く足音は複数。

「エイドリアン・ランバーグ。貴様が流通させている薬についての説明を求める。王都警察機構より同行せよとの命令だ。従ってもらおうか！」

警察!?　急な展開に口を動かしても言葉にならない。

闖入者《ちんにゅうしゃ》の声を聞いてエイドリアンは一瞬硬直し、そして諦めたように弛緩《しかん》した。大きな舌打ちをして、彼は緩慢《かんまん》な動作でベッドから下りる。抵抗するつもりはないらしい。

「なぜ、今なんだ？　いつだって検挙《けんきょ》できたはずなのに」

「その女性に薬を盛ったのを見たとの通報があったんだ」

「へえ……クソが」

私が横たわったままのベッドをひと蹴りすると、エイドリアンは部屋に入ってきた他の警官たちに連行されていった。

一人残された部屋は、とても静かだ。脈打つ鼓動が聞こえそうなほどに。肌寒さを感じるのは、ドレスを破られたことと、冷《ひ》や汗によるものだろう。

「……もっと早く助けに来なさいよ」

お気に入りのドレスだったのに。

いろいろ言いたいことがあったのに、真っ先に考えたのはなぜかドレスを破られたことへの文句だった。起き上がろうと努力する気力が湧《わ》かなくて、横になったまま胸元の生地を引き寄せる。こんなに裂けてしまっては、縫ったぐらいではごまかせそうになかった。

ここでおとなしくしていたら、あとで警官が保護してくれるわよね。

情けない姿だが仕方がない。まだ大きな声は出せそうにないし、身体もうまく動かせないのなら待つだけだ。

これからのことをとりとめなく考えていたら、涙がすっと流れ落ちた。私、思ったよりもショックを受けていたようだ。

ふと、オスカーのあざ笑う顔が脳裏に浮かんだ。

悔しいが、彼の言う通りだ。結婚なんてろくなことにはならない。いや、まだ婚約段階だったけど。

「ああ、もうっ、好きなだけ笑えばいいでしょ！」

イメージの中の腹の立つ顔に向かって私は言い放つ。力の限り叫んだつもりだったが、実際の声は掠《かす》れていて大した音量にはならなかった。

「……心外ですね。僕はそんなことでは笑いませんけど」

「はい？」

聞き覚えのある声だ。思わず私は上体を起こしかけ、失敗した。

部屋の中央に、人影が一つある。その影は、私のいる窓際のベッドにゆっくりと近づいてきた。月明かりに照らされて露《あら》わになったその姿は、この街を守る警官の制服だ。

「ああ、せっかくの高価なドレスが台無しになってしまいましたね。女性の服の脱がし方も知らないとは、とんだ野蛮人《やばんじん》だ」

眼鏡が光を反射していてすぐに顔を確認できなかった。だが、彼がこちらに一歩踏み出したことでその正体が明らかになる。

「オ、オスカーっ！　は？　あんた、神父じゃなかったのっ」

まさかの人物がそこにいた。私は破れたドレスを片手で押さえながら、もう片方の手で彼の顔を指さす。

ベッドの端《はし》で立ち止まったオスカーがドレスの破れてしまった部分に触れようとしてきたので、私はとっさに頭を振って拒絶した。彼は残念そうに眉を下げる。

「僕が神父であることはあなた自身がよくご存知でしょう？　あれだけ忠告をして差し

上げたのに話を聞かないあなたを心配してわざわざここまで潜入してきたんじゃないですか」

「心配って……」

その軽い言い方は、本気で心配していたようには聞こえない。社交辞令か、あるいはザマを見ろと言うためにわざわざ来たのではないかと勘ぐってしまう。

手負いの動物のように警戒する私に、オスカーは肩を竦《すく》めて話を続けた。

「怖い目に遭《あ》ってわかったでしょう？　あなたはあなたの人生を自分で謳歌《おうか》すればいいのですよ。結婚する必要はない」

だから、そんなことを他人から——いや、とりわけオスカーから言われると無性に腹が立ってくる。何か言い返さなければ。

「バ、バカなことを言わないで。確かにエイドリアンはああだったけど、世の中の男全員があんな人じゃないわ。次はきっといい人に当たるわよ！」

「あなたに相応《ふさわ》しい男は、この世界にはいません」

なぜかオスカーはベッドに上がってきた。身体を動かせない私と距離を詰めてくる。

すぐに二人の間を隔《へだ》てるものがなくなり、私の逃げ道は片手で塞《ふさ》がれた。

「えっと、ここ、よそ様の家のベッド……」

よからぬ気配を察し、まずはオスカーに冷静になってもらおうと思った私だったが、出てきた言葉はそれだった。

オスカーはくすっと小さく、可笑《おか》しそうに笑った。

「しばらくは突然乗り込んできた警察の応対に忙しくて誰も来ませんよ。僕は君を保護して事情聴取を行っている警官という設定になっています」

つけっぱなしだった私の仮面が外された。外気に触れて、涙が冷える。

涙の跡を、オスカーは手袋をしたままの手で優しく拭《ぬぐ》ってくれた。

「そうなってても、よ？　この状況は、その」

うろたえる私の目を、彼はじっと見つめる。

な、なな、なんのつもりなの？

追い詰められているこの状況、どう考えても迫られている気がする。この場に乗じて彼は私に何かするつもりなのではないか――私は身を硬くした。

次の瞬間、オスカーは私の涙袋《なみだぶくろ》をぴっと下げたかと思うと、両目の内側を確認した。

事務的というか、お医者さんのそれっぽい仕草だ。そしてホッとしたように頷《うなず》いた。

「薬の影響はそろそろ抜けますね。よかった」

「え、えっと……」

何、この展開。

つい呆然としてしまう。私は何を期待していたんだろう。

「さてと。あなたをゴットフリード家の屋敷までお送りします。薬のせいで足元がおぼつかないでしょうから、抱き上げますが、よろしいですね？」

「あ、はい」

冷静な判断ができない。ここにいるのは本当に、あの腹立たしいエセ神父だろうか。それとも、盛られた薬の影響で、私は幻覚でも見ているのか。

なんだかよくわからないままオスカーに抱き上げられてしまった。細身のシルエットからは彼にこれほどの力があるとは想像できなかったが、これは私と彼の体格差によるものなのかもしれない。

なんで、私がこんな目に……

不満だが、身を任せることしかできない自分にイライラする。状況に納得はしていないものの、確かにまともに動けないので、やはりただ不機嫌を表明することだけしかできない。

「――レネレットさん。僕はあなたに幸せになってもらいたいのですよ」

「は？　私の幸せの邪魔をしているのはそっちでしょ？」

いきなり何を言い出すのかと思えば、お前がそれを言うのかよと突っ込みたくなるような言葉だった。こんな体調の悪い時に大事そうな話をしなくてもいいだろうに。

「僕があなたの邪魔をしているように見えるのは仕方がないでしょうね」

私が責めると、オスカーは苦笑いを浮かべる。

「僕もレネレットさんが考えていたように、エイドリアンは根は悪い人間ではなかったと思います」

僕も、と言うのを聞いて、私がエイドリアンを信じたかった思いを尊重してもらえた気がした。文句を返さず、黙って耳を傾《かたむ》ける。

「彼が事業を広げて道を誤《あやま》らなければ、ひょっとしたらあなたとうまくやれる未来もあったかもしれません。ただ、彼が誤《あやま》ったのは……いえ、これは黙っておきますね」

「何よ、もったいぶって」

「これは余計なことなので。今は身体を休めてください」

言いかけたことがなんなのか、この時は気づけなかった。アルコールと薬の影響がまだ残っていたのだから仕方がない。

でも、あとから思い出すと、オスカーはこう言いたかったのではないだろうか。

――エイドリアンは私と結ばれたかったから、道を誤《あやま》ることになったのだ、と。フローレンス嬢との婚約破棄を狙ってしたことが、仇《あだ》となったのだって。

考えすぎかしらね。

この時のことをそんな風に思い返せるようになるのは、事態が全て落ち着いてからだ。

オスカーと会話を続けていられたのも、単に気が張っていただけらしい。

自宅に到着してリズの顔を見るなり、私は完全に意識を飛ばしたのだった。

＊＊＊

意識を手放して眠っていた間は夢を見ていた。どことなく、懐《なつ》かしい夢。

その夢の中、私はずっと泣いていた。みすぼらしい祠《ほこら》のそばで、シクシクと静かに涙を零《こぼ》す。

年齢は今の私と同じくらいだろうか。身なりもオンボロで汚らしい。それでも服が服として機能しているだけマシだった。

しゃがみこんで泣く私にシトシトと雨が降り注ぐ。長い髪も服も湿《しめ》ってしまっていた。

どこにも私には行き場がない。家族に裏切られ、里に裏切られ、誰も信じることができず。神への供物《くもつ》として役に立てればいくらかマシだと告げられて、この祠《ほこら》に置き去りにされたのだ。

何不自由なく暮らしたいだなんて贅沢《ぜいたく》は思ってはいなかった。ただ、楽しいことも辛《つら》いこともたくさん経験しながら、なんとか生きていければそれでいいと願っただけだった。

なのに、どうして？　私が何をしたの？

悲しい。苦しい。

ここに連れてこられた朝から何も食べていない。空腹は限界を迎えていたが、近くに食料になりそうなものは全くなかった。

こんな山奥の祠《ほこら》に誰かが来るはずもない。ここは神事が行われる日以外は誰も足を踏み入れないということを私は知っている。もちろん、迎えが来ることもないだろう。

もうすぐ日が暮れる。夜になれば野犬が現れる。神への供物《くもつ》になれと言われたが、結局のところはこの山に住む野犬の餌《えさ》になるだけだ。

――神さまなんて、この世界にはいないもの。

本当に神さまがいるのなら、私を救ってくれるはずだ。けれど現実の私は救われることなく、ここで命を終える。それを黙って受け入れるしかない。

でも、その理不尽を、私は受け入れられなかった。

私は呪う。この世界を。こんな世界を作った誰かを――

＊　＊　＊

エイドリアンに襲われかけた事件から二晩が経過した。

おのれエイドリアン……

薬と酒の影響で丸一日潰《つぶ》してしまった。今も気分が悪いが、いつまでも寝込んではいられない。

あんな事件があったため、私たちの婚約は白紙に戻った。エイドリアンは罪を素直に自白し、今は囚《とら》われの身。徐々に取り締まりがキツくなっていると噂の薬物関連の罪であるが、どうもエイドリアンはその入手経路をこと細かに話しているらしい。結果、情状酌量《じょうじょうしゃくりょう》の余地《よち》アリとされて実刑は軽く済み、釈放金が用意できれば解放されるのではないか――と予想されている。

そんなわけでこの件とは一切関わりがなかったらしいランバーグ家はお咎《とが》めなしで済みそうなのだが、エイドリアンの父である現当主からは婚約をなかったことにしてほしいと申し出があった。

届けられた書状には、昔馴染《むかしなじみ》であるゴットフリード家にこれ以上迷惑をかけたくないとの理由がしたためられていた。

私たちが本当に恋仲であったなら、私から縋《すが》って婚約破棄を回避するんでしょうけど……

正直、そんな選択肢は今の私にはない。いまだ完全回復できずに時々嘔吐《おうと》している身としては、エイドリアンにどんな深い理由があったのだとしても許せなかった。

どう考えても、彼との結婚が理想的だとは思えない。これで終わりだ。終わりにしよう。

「――レネレットさま、もう少し横になられていたほうがよろしいのでは……」

気分が悪いのとイライラしているのとで室内をウロウロしていた私に、リズが気遣うように告げてくる。心配をかけて申し訳ない。

「ありがとう。でも、このほうが気が紛《まぎ》れるのよ。――とにかく、次の手を打たないと猶予《ゆうよ》がないわ」

そう。エイドリアンにされた理不尽な行為への怒りが収まらないばかりでなく、私は自分が置かれた切羽詰《せっぱつ》まった状況にも焦りを感じていた。

結果的に、エイドリアンの婚約者として過ごしていたひと月が無駄になってしまったのだ。意地でもなんでも、私は今年中には結婚を決めてしまいたい。両親の心配する顔を見てしまったら、ますますその思いは強くなった。

夏も盛《さか》りに近づいている現在、のんきに構えていられる状況ではないのだ。十七歳の夏は短い。

「ですが、健康な身体も重要ですよ?」

ふと目に入った鏡に映る私の顔は青白い。肌は白いほうがいいと言われている昨今《さっこん》であるが、この肌色は病的だ。さっきも食べたものを全部吐いてしまったので、栄養が行き渡らず貧血気味なのだろう。

「健康な身体よりも健康な精神がほしいところだわ」

「でしたら、気分転換に街へ出られてはいかがですか? 外でお茶をすれば、元気になるのではないでしょうか?」

陽《ひ》のあたるカフェで紅茶を飲みつつ焼き菓子を食べる——そんな情景を思い描《えが》いてみると、リズの提案は魅力的に感じられた。

「そうね……。何か美味《おい》しいものを飲みたいわ」

胃がムカムカしているが、空腹ではある。固形物は受けつけないかもしれないが、飲み物だったらいけるかもしれない。

「そうと決まればさっそく手配しますね。少々お待ちください」

リズはいつでも前向きで明るい少女だ。侍女としても優秀だと思う。
笑顔で私が応えると、彼女は部屋を出ていった。

第3章　私は呪われているんでしょうか？

出会いというものは、家に引き籠《こ》もっていてはなかなかないものである。

額《ひたい》に濡れたハンカチを載せられて、長椅子に寝かされた私は、出会いについて考えていた。横になっている他にできるようなこともなかったので、今後の身の振り方に思いを馳せていたとも言える。

そもそも、どうしてこんな状況になったのか。

リズに紹介されたカフェを訪れた私は、お茶が出るのを待っている間に体調を崩してしまった。お手洗いに行こうと立ち上がったところで貧血を起こしてしまい、倒れて運ばれたのだ。

一緒に来ていたリズは慌てたものの、周囲に的確な指示をしてくれた。ここに運び込まれるのに付き添い、意識があることを確認し次第、自宅に連絡をしている。もしかすると主治医を手配してくれたかもしれないが、回復の兆《きざ》しが感じられるのでそこまでの心配はいらないと思う。

ここはカフェの奥にある、支配人の部屋だ。応接セットが中央にどっかと据《す》えられ、周囲は華美《かび》な調度品や絵画で彩《いろど》られている。お金の使い方が派手な人の典型と言えそうなラインナップだ。正直、センスは今ひとつ。

私が借りている長椅子も装飾過多なきらいがあり、少なくとも私のセンスとは違う。

寝心地はとてもいいのだけど。

自分のことについて考えるのにも飽き、調度品の一人品評会をしていると、扉をノックする音がした。しばらく一人っきりの状況だったのだが、ようやく人がやってきたらしい。ホッとしたところで、続いて蝶番《ちょうつがい》が軋《きし》む音がした。

「お嬢さん、お加減はいかがですか？」

想像していたよりも若い男性の声に私は戸惑った。

あれ？　支配人を呼んでくるって言われて待っていたはずなんだけど。

このカフェはここ数年の間にお茶の輸出入で大成功したという貿易商、ヴァーノン商会の直営店。そんなすごいお店の支配人だから、もっと年上の人が現れるものだと私は考えていたのだ。

額《ひたい》のハンカチを片手で押さえて落ちないようにしながら、私は顔を声の主にゆっくりと向けた。

撫《な》でつけられた黒髪は綺麗に整えられている。優しそうな目元で、明るめの茶色の瞳は紅茶の水面《みなも》を想起させる。鼻が低めで丸っこく、そのせいか童顔《どうがん》に見えた。身長も低めな気がする。たぶん、ヒールを履いた私と並んだら、背の高さが変わらないのではなかろうか。

ずいぶんと若そうな人が出てきたけど……支配人ではなく、使用人かしら？
倉庫で在庫のチェックをしているという支配人を呼びに行くので、ここで横になっていてほしいという話だったと思ったが、聞き間違いだったのだろうか。

まあ、あの時は気分が悪かったし、私の勘違いでもおかしくはないけれども。
訝《いぶか》しく思いながらも、私は彼の言葉に答える。

「ええ、おかげさまで、多少回復してきました。もう少し落ち着いたら出ていきますわ。私の迎えも着くでしょうし。ご迷惑をおかけして申し訳ありません」

私が急に倒れたことで騒ぎになってしまったため、店には申し訳なく思う。何かお詫《わ》びをする必要がありそうだ。

「いえいえ。お気になさらず。どうぞゆっくりしていってください。よろしければ、このままこちらでお茶を召し上がっていきませんか？」

「え、そんな、とんでもない。出直しますわ。今度は体調を万全に整えてお伺いいたします」

介抱してもらった上に支配人の部屋でお茶までいただくだなんて、たとえ誘ってもらったからといっても図々《ずうずう》しい。私は横になったまま彼の申し出を断った。

「そうですか。君とゆっくりお話ができたら、と思ったのですが残念です」

私と話を？

彼の声は不思議と心底残念がっているように聞こえる。社交辞令っぽさがない。目を瞬《しばた》かせると、彼は苦笑した。

「ああ、失礼。まだ名乗っていませんでしたね。――僕はジェラルド・ヴァーノン。ヴァーノン商会の会長をしています。以後、お見知りおきを」

え、今、なんて言った？　ヴァーノン商会の……会長、ですって？

てっきり支配人が来るまでの時間稼ぎとして出てきた使用人かと思っていた。まさかこのカフェの支配人を飛び越えて、その親会社である商会のトップが登場するとは予想できまい。

というか、若すぎじゃないですかね？　まだ年齢は聞いてないけど。

「こんな体勢で失礼いたします。私はレネレット・ゴットフリードと申します。えっと、あの、今回お店にご迷惑をおかけしてしまった件については、改めてきちんとお詫《わ》びいたします。こんなによくしていただいて……どうお礼申し上げたらいいのか……」

動揺をできるだけ態度に出さずに、必要最低限のことは喋《しゃべ》れたと思う。一方で、貧血状態でなかったらきちんと起き上がってご挨拶できたのに、とひっそり悔《く》やんだ。

「お詫《わ》びなんていりませんよ。君が無事ならそれでいい」

気さくな話しぶりでお詫《わ》びを拒否されてしまった。

そうは言われても、こちらは伯爵家の娘だ。相手が商家だからといってそうですかと済ませるわけにはいかない。

まあ、初対面で君、だなんて若干馴《な》れ馴《な》れしい感じで話すことについてはちょっと思うところがありますけどね。彼のほうが年上だからといっても、私は貴族なわけだし。

「でも――」

食い下がろうとする私の顔を、ジェラルドは見下ろした。ニッコリと笑って言葉を続ける。

「ならば、僕と二人きりでお茶をしてくれませんか？　新しく入荷したお茶を、君と飲みたいのです」

「はい？」

ん、なんだ？　私、口説《くど》かれている？

ジェラルドの言葉からくる居心地の悪さに、つい私は聞き返してしまった。どうも体調が悪くてあまり頭が働いていないらしい。ここはなんと答えるべきだったんだろうか。

「すぐにとは言いません。君の体調が回復してからで構いませんよ」

そこで扉がノックされる。ジェラルドが返事をすると、この店の使用人とリズが一緒に部屋に入ってきた。

屋敷に戻る準備ができたことが伝えられ、私は慎重に上体を起こした。

「どうか前向きにご検討ください。ご連絡をいただけない場合は、こちらから使いを送りましょう」

立ち上がる私を支えながら、そっと彼は耳打ちをしてくる。リズがいる手前、多少は遠慮しているのだろう。

「わ……わかりましたわ」

しぶしぶ承諾してしまった。とりあえずここは返事を保留することにして、後日手紙を出そう。

終始にこやかなジェラルドを横目に、私は引っかかるものを感じながら部屋を出たのだった。

＊　＊　＊

不思議な縁もあるものだ。

習慣にしている日曜日の礼拝を終えた私は、思い立って先日のカフェに寄ることにした。完全に気まぐれである。

なんの連絡もなしに訪れたにもかかわらず、ジェラルドがすぐに店の奥から出てきた。う……作戦失敗ね。長居は避けたかったから不意打ちで寄り道したつもりだったのに。

日曜日でもこのカフェは一日中開いている。このあたりの商店は休日だと午前中で店を閉めてしまうところが多いのに、この店は休日も平日と同じように営業をしているらしかった。

つまり、彼はお仕事中のはずである。

不満は心の奥に押し込んで、私はジェラルドと向き直る。令嬢らしく淑《しと》やかに振る舞うことにした。

「ごきげんよう。先日は大変失礼いたしました。今日はきちんとお茶をいただこうと思いまして」

こちらがこうしてにこやかにしていれば、たいていの男性は上機嫌でいてくれることを私は心得ている。

さすがに今だったら、一緒にお茶をしてもさっさと帰れるわよね？　ほら、会長という立場だったらお忙しいでしょうし、お引き止めしてはいけないわ。

「奇遇ですね。今日の僕はオフなのですが、昨夜ここに忘れ物をしてしまって。今、見つけて帰ろうとしていたところだったのです。せっかくですから、お茶をご一緒させていただいてもいいですか？」

本気か、この男。

何を考えているのか知らないが、ジェラルドは私と同席したいらしい。私は自分のペースでのんびりしたいのだけど。

まあ、先日のお詫《わ》びもあるし、ここは一緒に過ごしておくか……

一応、倒れた翌日には商会宛《あ》てにお詫《わ》びと感謝を綴《つづ》った手紙と粗品を届けている。これで先日の一件は、私の中でお茶の誘いも含めて終わったつもりになっていたのだけど。

だが、こうまで誘うのであれば、少しくらい付き合ってもいいだろう。私としてはあまり気が進まないが、お茶をするだけで彼が納得し、解放してくれるのであればそれが一番だ。

「ええ。私と一緒で楽しめるかどうかは保証しかねますが」

一応、やんわりと拒否してみる。この言葉は言葉通りの謙遜《けんそん》ではない。困ったような微笑みを貼りつければより効果的。

「いえいえ。君のような美人さんのそばにいられるだけで僕は充分に楽しいですよ」

拒否の気持ちは伝わらなかったようだ。ニコニコとジェラルドは答え、慣れた様子で窓際の席へ私を案内する。そして、ご丁寧に注文までしてくれた。

悪い人ではなさそうなんだけど、この強引さがちょっとなあ……

紅茶が運ばれてきて、焼き菓子も並べられる。ジェラルドはお茶にまつわるウンチクを披露《ひろう》して一人悦《えつ》に入《い》った様子だった。

話に興味がないわけじゃないけど、私、それ知ってるのよね……

前世の記憶が蘇《よみがえ》った私にとって、彼の持つ知識はそんなに珍しいものではない。この世界では珍しくても、私の記憶の前では霞《かす》んでしまう。

ごめんなさい、嫌いではないんだけど退屈だわ。

適当に相槌《あいづち》を打っていると、ジェラルドもさすがに気づいたようだ。

「――ああ、僕ばかり喋《しゃべ》りすぎてしまいましたね」

「いいえ。とてもたくさんのことをご存知なのですね。世界を股《また》にかける商会の会長さんだけありますわ」

苦笑するジェラルドに、私は少々疲れた様子を滲《にじ》ませつつお世辞を言う。

悪い人ではないのだが、私との相性は悪い。

すると、彼はふっと笑った。

「こうやって僕の話に耳を傾《かたむ》けてくれる方は僕の周りにいなかったから、ついつい調子に乗ってしまいました」

そういうことかいっ！

思わずツッコミを入れそうになったが、私は良家の令嬢なのだ、そんなことをするわけにはいかない。

ジェラルドさん、そりゃあこんなに長話をするあなたに付き合える人はなかなかいないでしょうよ――と呆れたが、そこは黙ってにこやかに微笑んでおく。

なお、この間ティーカップの中身は空になり、焼き菓子もすでに平《たい》らげている。ジェラルドに至っては紅茶を数杯おかわりしていた。

新商品だという茶葉を、特に味わう様子も見せずガバガバ飲むのはどうなのかしらね。焼き菓子もとっても美味《おい》しかったのに。ああ、紅茶との組み合わせもよかったんじゃないかしら。レギュラーメニューになるといいなぁ。

新商品の感想を心の中で素直にまとめ、私は機嫌よさげに振る舞った。

「興味深いお話ばかりでしたわ。私が独り占めしてしまうにはもったいないくらいに。――さて、そろそろお暇《いとま》しますね。美味《おい》しいお茶とお菓子をありがとうございました」

一礼をして立ち上がると、彼に手を握られた。

いきなりのことにびっくりして目を見開き、私は椅子に座ったままの彼を見下ろす。

ジェラルドは必死そうな表情をしていた。

えっと、あの、なんでしょうかね？

「レネレットさん。できるなら、また、お茶をご一緒できませんか？」

「えっと……」

どう答えるのがいいのか、すぐには判断できなかった。

困惑しているのが顔に出ていたのだろう、ジェラルドの手が引っ込んだ。

「あ、ああ。年頃の貴族のご令嬢が僕のような商人と付き合いがあるというのは……はは
っ、マズイですよね。失礼ですがその……先日は君の婚約者が逮捕されたって伺いましたし、余計に周囲の目を気にされる時期かと。レネレットさんは当然彼が出所するのを待たれるのでしょう？」

エイドリアンの起こした事件の噂はかなり広まっているようだ。私と彼が共に出歩く

姿を見ていた者が多いことを思うと、彼が捕まったことが知られれば私の現状も自《おの》ずと想像できることだろう。

妙な誤解をされたくないので、私は微苦笑を浮かべつつも正直に明かすことにする。

「いえ。待ちませんわ。婚約破棄になりましたので、もう彼とのご縁はありませんの」

苦笑するジェラルドに、私はとてもあっさりした口調で告げた。深刻に話して憐《あわ》れまれるのは嫌だし、茶化して言うにはエイドリアンが私にした仕打ちは重い。

すると、彼の目がキラッと光った気がした。

なんだろう、嫌な予感。

「そうでしたか……。それはお辛《つら》かったことでしょう」

「いえ。事情が事情でしたので」

「犯罪に手を染めた上にこんな美人を騙《だま》すなんてひどい男ですね」

「世の中にはいろいろな人がいて、それぞれ事情がありますから」

うーん、これ、もしかしてロックオンされていますかね？

笑顔が引きつりそうになるがなんとか堪《こら》える。誰かに助けを求められないかと店内に目を向けるが、当然ながら店員たちは会長を応援しているらしかった。

店の中に味方はいないと悟り、窓の外に目を向ける。するとすぐに艶《つや》やかな黒髪の青年が目に入った。こちらをチラッと見て、立ち去る。あれはエセ神父、オスカーだ。

どうしてここに⁉　というか何をしてるんだ、あの男は。

「――ですよね。僕にも事情がありまして。せっかくできた縁ですから、よろしければお付き合いしていただけませんか？」

あ。オスカーに気を取られて話を聞いていなかったわ。

とはいえ、付き合ってほしいという単語は聞き取れた。それがまた会いたいという意味でも恋愛的なお付き合いという意味でも、私の出す結論は保留だ。

「えっと……急ぎの用事を思い出しましたので、本日はこれで。時間ができたらこちらにお邪魔しますので！」

私ははっきりきっぱり言い切って、大股《おおまた》で歩き出した。ジェラルドは追いかけてこない。店員たちの視線に人身御供《ひとみごくう》にしてすみませんというような憐《あわ》れみを感じるのは、私の脳内補正によるものだろうか。

カフェを出て、真っ先にエセ神父の姿を探す。あれからそんなに時間は経《た》っていないはずだが、姿が消えたほうへ行ってもオスカーは見つからなかった。

私の見間違い？　だとしたら、なんでエセ神父だと思ったんだろう。この事態をどうにかしてくれる……なんて無意識に期待していたんだとしたら悔しいわね……

私はイライラしながら帰路についたのだった。

＊＊＊

そして翌々日。空は晴天で、もうすっかり夏だ。

濃く茂る木々とその背景にある青空のコントラストがくっきりしている。景色がとても鮮やかに感じられる季節になっていることに、私は焦燥感《しょうそうかん》を抱《いだ》いていた。うかうかしていたら、すぐに秋が来てしまう。冬になる前には領地に戻るので、王都にいる間に異性との出会いを増やさねば婚期は遠退《とおの》いたままだ。

「――なんですか？　レネレットさん。現在あなたに言い寄っている新恋人候補の件でしたら、あなたとは合わないので結婚はやめるようにとオススメしますよ」

私は今、オスカーが神父を務める神殿を訪れていた。私がエセ神父ことオスカーを掴《つか》まえるなり、彼は清々《すがすが》しいまでの笑顔で言い切った。

ほんと、この人はなんでこうも自信満々に嫌味を言えるのかしら。

オスカーの言動に呆れるも、一方でその言葉はとてもありがたい神託のように感じられた。

「だよねー。そう言ってもらいたくてここに来たのよ」

来てみてわかったことだが、オスカー自身は気に食わないとはいえ、この場所はやっぱり素敵だと思う。落ち着いた雰囲気の素敵な建物だし、空気もいい。何より涼しい。夏用の薄い布地で作られていても、この季節のドレスは暑いのだ。

私が一番自分らしい物言いで返せば、オスカーの片眉が上がって眼鏡の縁《ふち》に隠れる。

「化けの皮が剥《は》がれていますよ？　今のあなたは仮にも伯爵令嬢でしょうに」

今は、の部分を強調してオスカーが指摘する。

確かにごもっとも。

私は軽く肩を竦《すく》めた。

「わかってますよ」

私たちがいるこの祭壇の周辺に、他に人はいない。私が告解《こっかい》を希望していると言って、オスカーが二人きりにしてくれたのだ。部屋は充分に広いので、大きな声を出さなければ、誰かが外で聞き耳を立てていたとしても、内容ははっきりと聞き取れないだろう。

「でも、前世の記憶が蘇《よみがえ》ったらなんか気が抜けちゃって。今回の人生の記憶よりも今までの前世の記憶のほうが量が膨大《ぼうだい》だから、ね」

レネレット・ゴットフリードとして過ごした人生は、まだたった十七年。物心がついてからの記憶であれば、十五年分くらいだろう。

しかし、前世の記憶はそんな量とは比べ物にならない。天寿《てんじゅ》を全《まっと》うした一つ前のものだけでも八十年分の記憶がある上、複数の人生が経験となって蓄積《ちくせき》している。本で得た読書体験が自分のリアルな経験と完全にくっついているみたいな感じだ。前世での出来事の全てをはっきり思い出せるわけではないが、それでも情報量が多すぎる。

オスカーは憐《あわ》れみの表情を浮かべた。

「前世を思い出すと今世の記憶と混ざってしまうのが転生の弊害《へいがい》ですね。記憶というのは忘れたままのほうが都合がいいこともあります」

そうね、と心の中で同意する。

ただのレネレット・ゴットフリードとして生きようと思えば、前世の知識は邪魔になる。知りすぎることで人生の面白みを失う場合があるのだと、ジェラルドとの会話でわかった。

でも、そういう言い方をするってことは、オスカーは……

「それって、私が前世を思い出さなければよかったって暗《あん》に言ってる？」

私はオスカーの表情を窺《うかが》う。彼の本心が気になっていた。

彼も私と一緒にずっと転生し続けているみたいだし、記憶があるせいで不便に思うことがあるのかしら？

私の意図を察したのか、オスカーは苦笑いをした。

「僕としては、の見解ですよ。幸せは人それぞれですし、時代によっても定義が違うでしょうから」

幸せは人それぞれ、か。

ジェラルドといるよりは、オスカーと一緒にいるほうが自然体でいられる分ラクだ。腹が立つことも多いが、その感情を相手に素直にぶつけられるだけいい。……エイドリアンとも一緒にいて楽しかったけれど、それはもう過去の話だ。

――そうなのよ。ジェラルドは私が皮肉を言っても伝わらないから手応えがないのよ。

誰が相手でも結婚さえできればいいと思っていたが、自覚していなかっただけで、私にも譲歩できない部分があったらしい。ここはやっぱりジェラルドとは距離を置いて、次の相手を探すべきだろう。

「その通りね。あなたとは意見が合うわ……」

ため息混じりに私が頷《うなず》けば、オスカーはくすくすと笑った。

「おやおや。ずいぶんと気が滅入《めい》っていらっしゃるようですね。絶対に結婚してやると勇ましかったあなたはどこに消えてしまったのやら」

からかうオスカーの言葉に、私はなんの反応もできなかった。その通りだと納得してしまったからだ。

代わりに、ずっと気になっていた疑問をふと口にする。

「ねえ、オスカー。あなたは私が結婚するのに反対しているけど、それってなんで？」

私への嫌がらせだというなら、方法としては確かにアリだ。腹は立つけれど、私が彼の気に障《さわ》るようなことをして恨《うら》まれ、その気持ちが晴れるまで転生先にもくっついてくる……という理由なら、行きすぎている感じはするが理解できなくもない。

上目遣いに見つめれば、オスカーは小さく笑う。形の美しい唇が動いた。

「愛情の裏返し」

「はい？」

「——な訳がないでしょうよ。愛情があるなら最初からあなたを口説《くど》いて落とすほうがてっとり早い。前世の記憶が戻る前にあなたに接触し、籠絡《ろうらく》しておくのがセオリーだと思います」

すらすらと続け、彼は無遠慮に私の頭を撫《な》でた。

で、す、よ、ねっ！　びっくりしたわ！

「ちょっ、セットしてもらった髪形が崩れるんだけどっ」

すぐに手を撥《は》ね除《の》けられなかったのは、オスカーの言葉に動揺していたからだろうか。

私の結婚の邪魔をするのは愛情の裏返しではない、という言葉に。

結局理由はわからないままだが、私なりに、考えることはある。

彼と私が最初に出会った場所はどこだったのか。一番古い記憶はどれなのか、私はもう覚えていない。きっとその時、彼と私の間に何かがあったのだろうが、それが判然としないのだ。

「あなたがお困りであれば助けますよ。ただし、結婚するための手助けはできませんがね」

「……優しいことを言ってくれるのね。惚《ほ》れちゃいそうよ」

冗談で告げれば、オスカーは笑うだけで何も言わなかった。

結婚関連の確執さえなければ、彼とはいい付き合いができそうなのよね。

オスカーの見た目――特に穏やかに笑った顔は結構好みなのだと私は気づいた。

いや、私、疲れているんだわ……とにかく今はジェラルドの問題を片づけよう……。

「――じゃあ、ちょっと相談させてもらおうかな」

こうして私は、オスカーにジェラルド・ヴァーノンについてポツリポツリと話し始めたのだった。

＊＊＊

カフェでの二度目の邂逅《かいこう》の後、私が結婚相手を探しているらしいと知った彼は、すぐに求婚の手紙を送ってきた。貴族と商人とでは……と定番の言葉で渋っていたところに、彼が子爵位を得ていることが判明。父は嫁に行ったらどうだと勧《すす》めてきたが、私は大商会の奥方なんて荷が重すぎるから嫌だと言って断りの手紙を返した。

妙に気に入られている感じがしたので、彼を避けることにしたのだが、それが失敗だったようだ。

どうも彼は困難にぶち当たると盛り上がってしまうタイプだったらしい。

こんなことになるのだったら、あの日もう一度カフェに顔を出したりせず、おとなしく引き籠《こ》もっているんだったと私は今さら後悔していた。毎日届く贈り物やら手紙の山をそのまま送り返す日々が続くことになるとはまさか思うまい。もちろん、全てジェラルドから届けられたものだ。

ほんと、よくもまあ、懲《こ》りも諦めもせずに続けられるわね……

今朝も届いたらしいが、すでに送り返しておいたとの報告をリズから聞いた。頭が痛いが、この報告を聞くのも今日を最後にしばらくなくなることだろう。

二週間ほど前、オスカーに相談に乗ってもらった私は、ジェラルドとの距離を開けることに決めた。オスカーの助言に従い、カフェには近づかないし、食事等の誘いについても全てお断りした。新たな結婚相手を探すのに集中するためである。

その一方で、私はジェラルドの身辺調査も行っていた。

ジェラルド・ヴァーノンは小さな商店主《ぬし》の長男として生まれ、現在二十三歳。父の病死後は独力で店を大きくし、二十歳の時にヴァーノン商会と改名、店の規模を拡大して世界進出を果たした。国外にもいくつか拠点を持ち、お茶と小麦粉の流通に大きく関わっている。どちらも国内シェアの上位に入っているらしい。実績から、彼の有能さがわかる。

人物としては、真面目で勤勉。自分の知識をひけらかす悪癖《あくへき》はあるものの、それ以外は概《おお》ね優秀。商売に関する勘もいい。ただ、集中すると周りが見えなくなり、一つのことに執着《しゅうちゃく》する傾向にある、との周囲の評価だ。

その評価通り、彼は簡単に引き下がるような男ではなかった。

五日ほど前から、ついに我が家の屋敷の前を何者かがうろついて監視するようになったのだ。警察の力を頼っても何者なのかわからなかったため、私はその間招待されていたパーティーを泣く泣く辞退するしかなかった。

このままでは屋敷に乗り込んでくるのも時間の問題ではないかと怖くなってきた私は、家族の勧《すす》めで神殿――オスカーに助けを求めることにした。私は手紙に詳しく状況を綴《つづ》り、最後にこう書き添えた。

一時的に私を匿《かくま》ってもらえないだろうか、と。

オスカーのいる神殿はゴットフリード家の屋敷からほどよく離れており、身を隠すにはちょうどいい。手紙をその日のうちに往復させることが可能な距離なのも、何かと都合がいいと思ったのだ。

使用人に手紙を託《たく》すと、すぐに返事が届いた。

――具体的な日時と方法は、追って連絡いたします。

本人が前に言っていた通り、こういうことには協力してくれるらしい。その方法については、今朝送られてきた手紙にしたためてあった。

いよいよ明日が決行の日。ジェラルドから完全に逃げ切る算段については、オスカーと顔を合わせてから考えようと思っていた。

天気は快晴。風がひんやりしているので、暑さはあるが過ごしやすい。旅行をするにはいい気候だろう。

私は馬車の窓を開けて外を眺める。王都の郊外に出たので、もう身を隠す必要はないはずだ。

やれやれ。ほんと、厄介なことに巻き込まれたものね……

荷物をまとめた私は、昼過ぎにゴットフリード家の屋敷を出発した。その時間を選んだのは、使う道に適度に人通りがあって安心だからだ。

ゴットフリード家の屋敷から縁結びの神さまの神殿に向かうにはいくつかのルートが存在するが、今回はオスカーの指示通りになるべく大きな道を選んだ。そうやってできるだけ誰かの目に触れるようにして、もしもの事態に備えている。

もちろんジェラルドの知り合いが多くいるだろう商業地区など通るわけにはいかない。

ここまで慎重に動いているのだから、当然ゴットフリード家の正面から堂々と出かけたりもしなかった。私は使用人が使う屋敷の裏口からそっと出て、離れた場所で待たせていた馬車と合流。家の紋章がついた馬車だと追跡される可能性があるからと、わざわざランバーグ家から馬車を借りるという徹底ぶり。さすがにこれならジェラルドの目も欺《あざむ》けるだろう。

というか、ここまでやって逃げ切れなかったらお手上げだわ。

あとのことは神殿に到着してから考えよう。一人では考えをまとめるにも限界があるが、オスカーが一緒なら名案が浮かぶかもしれない。

もうしばらくすれば神殿に着くだろう。そう思うとホッとする。ストレスで最近あまり眠れていなかったからか、午後のほどよい暖かさに眠くなってきた。

少しくらい寝てもいいかしら……

うつらうつらし始めたその時だった。

突然窓の外に煙が立ち込めて視界が悪くなり、開けていた窓から煙が馬車の内部に入ってくる。

最初は何が起きているのかさっぱりわからなかった。ハッとした時には馬車の扉が開いて、外にいた人物に手を引っ張られる。抵抗する間もなく外に引きずり出されてしまった。

「やっ！」

勢いで地面に転がった私は、とっさに受け身を取った。おかげで怪我はしなかったが、いきなりのことに動揺して、身体が動かない。けれどそれで私の場所を見失ったのか、襲撃者たちにもそれ以上の動きはないようだ。

しまったわね……

神殿までの移動に、護衛はつけていない。そんなことをしたら、ジェラルドに悟られてしまうと考えて、近所に出かける時くらいの少人数で移動していたのだ。

実際、神殿までは半日もかけずに到着できるので、馬車で行くなら充分に近所と言える距離である。ならばなおさら大層な護衛などはいらない。

……と思っていたのだが、この現状。自分の判断の甘さを恨《うら》むよりほかない。

街道は煙で遮《さえぎ》られて視界が悪い。口を手で覆《おお》って煙を吸わないようにしながら、逃げどきを窺《うかが》う。私は声や音を立てずに、じっとしていた。彼らが次の行動に移らない理由が私の位置がわからないことにあるのなら、これはチャンスだ。

そういえばこの辺はもともと治安が悪かったっけ。今回の件はジェラルドとは別件かしらね……

この国でも婦女子の誘拐があるという話はそれなりに聞いている。誘拐する理由は様々《さまざま》だが、家族に身代金を要求することもあれば、そのまま売り飛ばして金銭に換えることもあるらしい。ジェラルドに付きまとわれていることにばかり目が向いて、郊外の治安の悪さをすっかり失念していた。

周りが静かなので逃げようと考えてみるが、襲撃される直前までうとうとしていただけに、ここがどこなのかもわからない。

とはいえ、問題はそれだけではなかった。思考はクリアなのに、身体が竦《すく》んで動けない。情けない話だ。

どうしよう……。このままだと悪人に貞操《ていそう》を奪われる展開が待っていたりするのかしら？　どこか遠方に売られて、そこで奴隷のようにしんどい生活を強《し》いられるとか……そんなの嫌！

寸前まで眠かったはずの頭が冴《さ》えてしまっている。高速で思考を巡らせるが、身体が動かない以上どうしようもない。身体が動いたとしても、この煙の中だ。視界の悪さを気にせず通りを突っきろうとする馬車に撥《は》ねられる可能性もある。

犯人たちはどう動く？

私は視界を奪われているため、他の感覚を頼りに判断するしかない。

警戒しながら様子を窺《うかが》っていると、煙が薄くなってきた。少しでも視界が開《ひら》けている方に移動せねばと身体をよじった瞬間、背後から手が伸びてくる。しゃがんでいた私の身体は手際よく拘束されてしまった。声を出させないためだろう、口元も押さえられる。

「んんっ！」

気合を入れて暴れてみるが、全く意味をなさない。体格差から考えて、背後の相手は男性。しかも身体を鍛《きた》えているようで、太い腕で押さえられるとどうにも動けなかった。

「捕まえたぞ！」

犯人は一人ではないようだ。私を押さえる男が声を出すと、応じる声が思ったよりも至近距離で聞こえた。

「さっさと詰めろ！　撤収だ」

詰めろ、とな？

ことの行方を思案している間に、袋を被《かぶ》せられた。すっぽりと全身が覆《おお》われたかと思うと、ひょいっと横抱きにされる。なるほど、詰めるって袋詰めのことか。つま先まで下ろされた袋の口は別の人物によって手慣れた感じに封をされた。この場で痛めつけられるのではと身構えていたが、どうやら移動するらしい。

「急げ。他の連中に気づかれるなよ」

足音からして、襲撃者はこの場に四、五人いるようだ。

私は荷馬車に乗せられたらしい。馬が走り出す音、車輪が軋《きし》む音、馬車よりも荒い揺れ方を総合的に判断した結果だ。なお、この荷馬車のほかにも馬が二頭ほどいる気がする。

私に対して暴力をふるってこないのは、傷物にしたら商品価値が下がると考えてのことだろうか。彼らの正体と目的を探るために耳をそばだてておとなしくしていたが、彼らの間には会話らしい会話もなく、私を乗せた荷馬車は進む。

やり慣れているってことは、プロなのかしらね……私って運がないわ……

袋詰めのまま一体どのくらいの時間が経過したことだろう。周囲を警戒していると、波の音や鳥の声が聞こえるようになってきた。近くを通る人の声から考えて、港に到着したらしいことがわかる。

「大事に運べよ」

「怪我させたら、あの人がうるさいからな」

「へい」

短いやりとりののち、私は袋詰めの状態のまま荷馬車から降ろされた。

一体どこに向かっているの？

荷物らしく肩に担《かつ》がれての移動が始まった。仲間同士挨拶をしている声が聞こえ、彼らの船の中に連れ込まれたらしいことを察する。

ああ、国外に売られてしまうのかしら、私……

両親との別れを予感して、助けを求めるべく神に祈っていると、私はようやく地面に降ろされた。次いで足音が遠ざかっていく。

行った？

近くに人の気配を感じない。私がもぞもぞと動けば、閉じてあった袋の口が緩《ゆる》んでいることに気がついた。そこから慎重に這《は》い出ると、しゃがんだままで、息苦しかった袋から顔を出して深呼吸。埃《ほこり》っぽい空気にむせたが、そのおかげでこの場所が倉庫ではと気がついた。

で、ここはどこの倉庫なのよ？

逃げ出すために周りに視線を向ける。途端に目に入った鉄格子から自分は檻《おり》の中にいるようだと理解した私だったが、その形状をよく見て驚いた。

「……鳥籠《とりかご》？」

しかも室内によく置いたなあと感心してしまうほどにデカイサイズ。鉄格子に沿って上を見上げれば、天井に向かって曲線を描《えが》いていた。私が立った状態で手を伸ばしてやっとその鳥籠《とりかご》の上部に手が届くくらいだろう。充分な高さに加え、私が寝そべるのに困らない程度には幅も奥行きも確保されている。

天井から床に向かって視線を動かしていると、籠《かご》の外から声をかけられた。

「さあ、新婚旅行に出ましょう、レネレットさん。船旅を経験をして世界を知れば、すぐに僕の妻に相応《ふさわ》しい女性になれますよ」

「ひっ！」

その声には覚えがある。鳥籠《とりかご》を真似《まね》た檻《おり》の外には、撫《な》でつけた黒髪が印象的で小柄な青年実業家――ジェラルドが笑みを浮かべて私を見下ろしていた。

その笑みに、私の身体に瞬時に鳥肌が立つ。

目が笑っていない。怒りを理性で抑制し、その一方でほしいものを手に入れた高揚感を滲《にじ》ませ、目の前の獲物を徹底的に支配してやろうと企《たくら》んでいるのが伝わってくる視線。

幼い頃、父にくっついていった狩猟の時に見せてもらった猛禽類《もうきんるい》の目に似ている。

「……っ！」

声が出ない。パクパクと唇が動くだけだ。普段であれば、「仮にも妻にと望む女性を拉致《らち》監禁するのは如何《いかが》なものか！」くらいは指摘するのに。

口ごたえをしなかったことで、私が降参したとでも考えたのだろう。彼は満足げに口の端《はし》を上げる。

「では、僕は準備がありますので」

彼はそう告げて部屋を出ていった。

……うん。まさかこんな展開になるとはね。

私は今、鳥籠《とりかご》に加え、船の中にいる状態だ。まだ出港はしていないが、いつその時がやってくるのかわからない。

非常にまずい。

ジェラルドがいなくなってすぐに、声は出せるようになった。身体の自由も回復したので、改めて大声で何度も助けを呼んだが、船員たちは私の声を無視しているようだ。本当になんの反応もない。部屋の様子を見に来るくらいしてくれたっていいのに。

そんな状態から推察するに、この船の持ち主であるジェラルドから、何があっても私の相手をしないようにと指示されているのかもしれない。

うわぁ、策を誤《あやま》った……どうするのよ、これ……

私は頭をかかえた。

騒ぎ続けるのも体力がいるので、休憩しながら次の行動を考えることにする。なお、この巨大な鳥籠《とりかご》の中には大きなクッションが置かれており、座り心地は最高だ。カバーがやたら派手なのは私の好みから外れるものの、寝そべるにも充分な大きさで、機能的には申し分ない。

一応、飲み物として瓶《びん》と栓抜《せんぬ》きも用意されているのだが、何が入っているのかわからないものは飲みたくない。エイドリアンの時に学んだのだ、怪しいものは口にしないに限ると。

「無理だ……」

改めて状況を振り返ってみるが、どう考えても詰んでいる気がする。助けは来ない……

というか、来ても間に合わない。船が出航するのが先だろう。その程度のことは計画に織り込み済みと考えるのが自然である。

私が攫《さら》われたことについては、おそらくゴットフリード家に伝わっているだろう。しかも人通りがそれなりにある街道での事件だったので、襲撃現場を見ていた人も、何かしらの対応をしてくれているはず。そこは期待してもいいと思う。

一緒にいた使用人たちがひどく傷つけられたり殺されたりした様子がなかったので、きっと大丈夫だろう。

オスカーはこのことに気づいているかしら？

現状、最も早く駆けつけられそうな立場にいるのはオスカーだ。

予定の時間になっても私が到着しないのだから、心配ぐらいはしてくれているかもしれない。

でも、エイドリアンの時みたいに、今回も助けに来てくれるのではなんて考えは、さすがに虫がよすぎるかしらね。

私がジェラルドを苦手としていることをオスカーは知っている。そして彼は、結婚の手伝い以外で困ったことがあれば助けてくれると言っていた。

今回の場合は結婚の手伝い以外という条件に充分に当てはまると思うんだけど、どうかしら。ジェラルドいわく新婚旅行の序章って話だし……

これから始まってしまうかもしれないジェラルドとの船旅は、そもそも私の同意を得ていないにもかかわらず、新婚旅行なのだという。

私の結婚をぶち壊すことを生きがいにしているオスカーなら、それを名目に助けに来てくれる可能性はなきにしもあらず……と思うんだけど。

さて、オスカーはどう動くのだろう。

今はこれ以上、私にできることはなさそうだ。ここは下手に動かないほうがきっといい。

視界に入った大きなクッションを引き寄せる。派手すぎる色合いは気に入らないが、肌ざわりはとてもいいし、何より柔らかい。

とりあえず、今は寝ておくか。

体力を温存しながら、次に鳥籠《とりかご》が開けられる時を待とう。私はクッションに包まれるように横になり、目を閉じた。

頬に触れる温もりに、なぜか私は冷《ひ》やっとしたものを感じた。目を開ければ、自身も檻《おり》に入ったジェラルドの顔がすぐ近くにある。真剣さと興奮が混じり合った表情だ。

「待たせてしまいましたね。今夜は初夜ですよ」

「……は？」

うっかり変な声が出た。乙女らしからぬ声である。

私はジェラルドの手を払いのけて上体を起こした。

「冗談はやめてください！　私はあなたと結婚する気はありません。何度もお断りしたではありませんか」

「僕はほしいものは全て手に入れないと気が済まない性質《たち》なので諦めてください。あなたのことは、ランドール公爵家のパーティーで見かけた時から、ずっと気になっていたんです」

ランドール公爵家のパーティー……ああ、オスカーに出会ったあのパーティーか！

「さあ、レネレットさん、こちらへどうぞ。悪いようにはしませんよ」

「すでに悪いわっ！」

優しげに微笑むジェラルドを突き飛ばし、私は出入り口を目指す。

しかし、扉には鍵がかかっていた。

えええええ、正気かこいつ。自分もろとも閉じ込めただとっ！

檻《おり》を掴《つか》んでガシガシ揺らすが、鍵と鎖でしっかり固定されていてビクともしない。

「初夜だと言ったでしょう？　朝までは誰も来ませんよ」

そう告げながら、彼はじわりじわりと迫ってくる。

鳥籠《とりかご》の中に逃げ場はない。

……絶体絶命、ですかね？

引きつった笑みを浮かべているだろう私の額《ひたい》には冷《ひ》や汗が流れているはずだ。

「たとえここから出られたとしても、船はもう出航しています。諦めるのが賢明だと思いますよ」

その言葉に血の気が引いた。言われてみれば、聞こえる波の音こそ変わらないが、規則正しい揺れは眠る前よりも大きいようだ。

鳥籠《とりかご》だけでなく、この船自体も私にとっての大きな檻《おり》というわけだ。

いやあ、ずいぶんと用意周到でいらっしゃることですね！

私がのらりくらりと返事をかわして家に引き籠《こ》もっている間に、念入りに準備をさせてしまったようだ。またもや失策である。

「こ、こんなことをして、許されるとでも？」

貴族令嬢を誘拐して無理やり結婚するだなんて、そんな強引なことが許されるものか。

非難すれば、ジェラルドは不思議そうに首をかしげた。

「心配いりませんよ。連れ去る際には、最近多い人身売買一味の手口を模倣《もほう》したので、僕が犯人だなんてすぐにはわからないはず。簡単にはバレませんよ」

うわー、なんて根回しのよさ！

どれだけ気に入られているのよ私……、と呆れている間も、ジェラルドは言葉を続ける。

「そんなわけで、ほとぼりが冷めるまでは国外で生活することになりますが、不便な思いはさせません。保証しましょう」

「保証なんていらないわ。すぐに戻して！」

もう手が届いてしまう。なんとかならないかと背後の扉に体重をかけるが、鎖が鳴っただけで開くことはなかった。

「僕と一緒に過ごすうちに、この生活にも慣れますよ。楽しい旅にしましょうね」

ついに捕まって、押し倒された。すっごい幸せそうな笑顔が迫ってくる。ランタンのわずかな灯りでも、お互いの表情が充分にわかる距離。

いやぁぁぁぁ！

諦められない。こんなところで、諦められるわけがない！

「あなたのことは精神的に無理！」

顔とか体格とか体臭とか、そういう身体的なものだけじゃなく、精神的に無理！　それに私は、なんでもシックなのが好きなの！　豪華絢爛《ごうかけんらん》とか興味ないから！　あなたとは趣味が合わないの！

手を突っ張って、キスをしようと顔を近づけてくるジェラルドから逃《のが》れる。必死、そりゃあもう必死！

全力で足掻《あが》いていると、部屋の扉が勢いよく開いた。廊下の灯りが部屋に差し込むと共に、何やら焦《こ》げ臭《くさ》い香りが入り込む。

え、待って、何この臭《にお》い……

「ヴァーノン会長！　火事です、お逃げください！」

部屋に踏み込んできた船員が、鳥籠《とりかご》にかけられた錠を手際よく外していく。ジェラルドも我に返った様子で私の上から移動した。

「なんだって！」

「何者かに外から火を放たれました。現在消火作業を行っていますが、火の回りが速いため、避難が必要です。お急ぎください！」

ジェラルドは舌打ちをすると、床に転がったまま動けずにいた私を迷うことなく抱き上げた。そのまま早足で移動を始める。

わ、びっくりした。でも、ここで私を見捨てたりする人ではないのね。

夏場とはいえドレスを着た私は結構重たいはずだ。なのに軽々と運んでいる様子を見ると、日常的に私くらいの重さのものを担《かつ》ぎ慣れているのではないだろうか。

この人、本当に私のことを気に入ってくれているんだな……

ジェラルドの必死な横顔を見て、少し考えを改めた。私を置いて逃げるのならそれまでの人だと思ったが、ジェラルドはちゃんと私を大事にするつもりがあるようだ。

強引すぎる気もするけど、このまま結婚するのもアリなのかな……

今までの印象がよくなくても、私を大事にしてくれるという点ではそんなに悪い人ではないのかも、と心が揺らぎ始める。趣味は致命的に合わない気がするが、それ以外は拒絶するほどでもないかなと考えた。

あ。会話が噛み合わないってのも致命的だった……。まあ、そこはおいおいどうにかなるかな……

エイドリアンと比べても、私を何かに利用する気はなさそうな分、ジェラルドのほうがマシなのでは。

火事が落ち着いたら、結婚についてもう少し真面目に考えてみようかな……

船が揺れる。ジェラルドに担《かつ》がれて身体が――心が揺れていた。

小さな船に移動させられて、先ほどまで閉じ込められていた船を見る。かなり大きな貨物船だ。相当な積荷を載せられるのだろう、その貨物船の後部が炎に包まれている。

うーん？　外から火を放たれたと聞いた気がするけど、外部から火を投げ入れられたにしては燃え方が変じゃない？

火矢を射かけられたという可能性はさすがにないとして、たとえ火炎瓶《かえんびん》を投げ込まれたのだとしても、目測で人の身長の十倍以上はあるだろう高さには届かない気がする。大砲で爆薬でも撃ち込んだならあの高さでも届くかもしれないが、それだと火事どころでは済まないだろう。外部から、という情報が本当であれば相当頑張る必要がありそうだ。

なお、ジェラルド所有の貨物船の周囲に船影《せんえい》は見当たらず、陸地も視認できない。

隣にいるジェラルドを見ると、忌々《いまいま》しげに炎を睨み大きな舌打ちをしている。

この船ってお仕事用のよね、たぶん。御愁傷様《ごしゅうしょう》。

これからどうするのかな、他にも船は持っているのかな、などと考えていると、同じ船に避難した船員の一人がジェラルドに耳打ちをするのが見えた。

「鎮火に時間がかかっております。安全のため、一度この場を離れたほうがよろしいかと」

「指示と違うぞ」

「すみません、思ったより燃え広がってしまって」

んん？　指示？

どうもやりとりが妙だ。私は二人の言葉を一語たりとも聞き逃《のが》さないようにチェックする。

「ボヤで収めろよ、使えねえな」

どうしてくれるんだ、とジェラルドの言葉が続く。保険がどうのという単語も聞こえた気がした。

これはまさか……自作自演……？

疑いの眼差しを向けていると、私の視線に気づいたらしいジェラルドが、こっちに目を向け、安心させるように微笑んだ。船員に向けていたさっきの険《けわ》しい顔はどこにもない。まるで別人のように見えた。

「とんだ出航になってしまいましたね。一度港に戻りましょう」

乗り込む時に避難用だと説明されたこの小型船は、こういう非常時によくイメージするような手漕《てこ》ぎボートではなかった。それこそしっかりとした造りの、沖に出てしまっても問題なく戻ってこられそうな帆船《はんせん》。

なんか準備がよすぎませんかね？

私は慎重に言葉を選ぶ。しかしせっかく陸に帰れるというのだ。ここは疑念は横に置いて、頷《うなず》いておこう。

「そ……そうですね……」

でも、もし自作自演だとして、どうしてそんなことをする必要があるの？

彼の中に潜《ひそ》む狂気に触れてしまった気がする。冷《ひ》や汗が流れた。緊張からか喉《のど》が渇《かわ》く。

助けて、誰か。ねえ、助けて！

ジェラルドの指示で船が動き出した。燃える船の炎で周囲は明るい。風が四方八方へと予測不能に吹いている。

狭い甲板《かんぱん》にいた私は突然の揺れにふらついてしまった。自然と私の身体は海へ誘われる。

「あ！」

一度強く吹いた風と波の動きが合わさって船が大きく揺らぎ、傾《かたむ》いた。足に力が入らず、踏ん張れない。

「レネレット！」

すかさず伸ばされるジェラルドの手。その手を私は取れなかった——いや、取らなかった。

この人とこのまま一緒にいていいのか、結婚してもいいのだろうか、そんな不安が行動を鈍《にぶ》らせたのだ。

やっぱりダメだ……

背中に強い衝撃がきた。

痛いと感じると同時に服が濡れて冷たくなって。

まるで水中から伸びてきた手に掴《つか》まれたみたいに身体が重くなり。

息が苦しいと思う間もなく、意識が混濁《こんだく》していく。

ああ、これは死んだな……

数ある前世の中で、こんな死に方をしたことはなかったな、なんて思って、私はつい笑ってしまった。

＊　＊　＊

声がする。頬に刺激。叩かれているらしい。唇に何かが当たり、胸を圧迫された。……これは人工呼吸と心臓マッサージ？

声がする。聞き覚えのある声。

「レネレット！　死んだらいけない。あなたは死んだらいけません！」

嫌悪感があったはずの声なのに、懐《なつ》かしさで心が温かくなる。次第に音がはっきりと聞こえるようになってきた。

「レネレット！　目を開けて！」

オスカー……

この世界での彼の名を思い出す。

そして私は激しくむせた。

「がはっ！」

「レネレット」

目を開ける。おぼろげな輪郭《りんかく》には眼鏡が見当たらなかったが、この顔はオスカーだ。

不安げなオスカーの顔が目に入ったと思った瞬間、彼に抱きしめられていた。

え、何？

私の戸惑う気持ちは言葉にならなかった。咳《せ》き込んでいて声が出せないのだ。

「よかった、意識を取り戻して……。こんなところで死んだら、次は転生できませんよ。自殺するくらいなら、僕との心中《しんじゅう》を選んでください」

抱きしめる腕に力が籠《こ》もりすぎて苦しいが、かえってその痛みが生きていることを実感させてくれる。

ああ、私、生きてるのね……って、待て。今、不穏な言葉が紛《まぎ》れていなかった？

身体が冷え切っているからか、どうにも四肢がうまく動かない。されるがままの人形状態の私は、オスカーが離してくれるのを待つ。

「……あなたが助けてくれたの?」

口から零《こぼ》れた声がか細い。声を出す体力さえ尽きている感じだ。これは鳥籠《とりかご》に突っ込まれた時に大騒ぎした代償だろう。失敗した。

「ええ。あなたが攫《さら》われたと知り、目星をつけていた場所を急いで探したのですが、船はすでに出港していて。追いついた時には、あなたは海の中でした」

よく見ると、オスカーも全身ずぶ濡れだ。なるほど、眼鏡がないのは海に飛び込むに邪魔だったからか。黒い髪は芯まで濡れている感じがするし、着ているシャツも私に抱きついたからという理由だけでは説明がつかないほどビショビショである。上半身のシャツが身体にへばりつき、肌が透《す》けて見えていた。

「私のために潜《もぐ》ってくれたの?」

「はい。……ジェラルドから逃《のが》れようとしたあなたが海に身を投げたと思ったので。自殺した魂は転生することができません。天寿《てんじゅ》を全《まっと》うすることで、人は転生の資格を得られます。あなたにもそうしてもらわないと、僕も都合が悪いのですよ」

「はあ……」

心配からというよりオスカーの個人的な都合によって私は生かされたらしい。そしてここにきて初めて知ったけど、私が転生し続けている原因の一つとして、彼が裏で手を引いて私が天寿《てんじゅ》とやらを迎えられるようにしている可能性が出てきたぞ。

「ジェラルドもあなたを追って飛び込もうとしたのですが、船員総出で止められて。仕方なく船員の一人が代わりに潜《もぐ》ったようですけど、ああ……そういえば彼は戻ってきていませんねえ……」

怖いことを言うのはやめてください。

オスカーの落ち着いた様子からここが安全な場所であると理解した私は、ようやく周囲に意識を向けた。床が上下に揺れていることや並ぶ機材を見て、まだ船の中にいるのだろうということは推測できる。

「で、ここは？」

「僕が借りた漁船ですよ」

「漁船……」

ここがジェラルド所有の船でないことさえわかれば、それで充分だ。密《ひそ》かに安堵する私に、オスカーは説明を続ける。

「ヴァーノン商会の面々は、僕があなたを救出済みであることを知りません。しばらくはあの海域であなたを探し続けるんじゃないですか？　会長の大切な花嫁ですから」

「そう……」

「おや。もう少し嬉しそうにするかと思ったのですけど」

「なんか、疲れちゃって……」

溺《おぼ》れて死にかけたわけだから、身体が疲れているのは当然だ。しかし、それ以上にショックだったのだ。

海に落ちる私は、手を伸ばせば届いたはずのジェラルドの手を取れなかった。

代わりにあの時脳裏に浮かんだのは、オスカーの顔だった――そのことが。

一時の気の迷いとはいえ、一度は結婚してもいいかもって思った相手だったのにね。

言葉を濁《にご》すと、オスカーは私を優しく引き寄せた。彼も海水で濡れて冷えているはずなのに、ほんのわずかに伝わってくる体温が心地よい。

「陸に上がってからゆっくり話しましょう。念のため医者にも診《み》てもらってくださいね。あなたの意識が戻って本当によかった。今日はもう休んでください」

「うん……ありがとう、オスカー」

彼の腕に抱かれて安心した私は、自然と意識を手放した。

＊＊＊

夢を見ていた。
霧雨《きりさめ》の降る中、古い祠《ほこら》のそばで少女が泣いている夢。
少女――つまりこの村の守り神の生贄《いけにえ》に捧《ささ》げられた私は、この世の全てを恨《うら》んでいた。
家族に裏切られて泣いて、絶望して泣いて。
なんで生まれてきたのだろうと、呪うように問いかけた。
日が暮れて、雨が止《や》む。
眩《まぶ》しいほどの月明かりが降り注いで、私は空を見上げる。
空から人のような何かが舞い降りてきた。
――夢はそこで終わる。

＊　＊　＊

私が攫《さら》われて、海に落ちて、死にかけた――という顛末《てんまつ》は、すぐにゴットフリード家に届いたらしい。

翌日自分の部屋で目が覚めた私は、家族や使用人たちから腫《は》れものに触るように扱われている。そして、両親からは無理に結婚をしなくてもいいと慰《なぐさ》められた。

いや、まあ、エイドリアンの件といい、ジェラルドの件といい、ろくな結果にならなかったことを思えば、そりゃあ引き留めたくもなりますよね。

シズトリィ王国では、女子はできるだけ結婚をすべし、という価値観だけど、今の両親は世間体よりも私の幸せを願ってくれているらしかった。

愛されているんだな……

ベッドに横になりながら、私は今世を振り返る。

美貌もお金もある、ソコソコの家柄の娘。教育もしっかり受けさせてもらえた、何不自由ない生活。

そんな私でも結婚は分不相応ってことなんでしょうね。

今回の転生では必ず結婚をしたいと考えていたが、諦めるという選択肢も私の中には生まれていた。

思わずため息が漏《も》れる。

ドアがノックされたのはそんな時だ。返事をすれば私の侍女、リズが入ってくる。あどけなさが残るリズの顔は、何やら困ったような表情を浮かべていた。彼女がこういう顔をする時は、たいてい私の意見と彼女の意見が対立する時だ。

「レネレットさま。神父さまがお見えになっているのですが……いかがいたしましょう?」

オスカーが来ているらしい。昨日の今日だが、彼は動ける程度には元気なようだ。だとしたら、私の返す言葉は決まっている。

「あいにく私は死んでないわ、と伝えておいて」

結婚について考えて、オスカーに言われたことを思い出していた時だったのだ。そんなタイミングで訪ねられたら、正直面白くない。

私の返事に、リズはこちらの顔を窺《うかが》う。

「元気なお顔を見たいとおっしゃっているんですが」

「死にかけて生還した翌日に元気な顔ができると思って? って言ってちょうだい」

「神父さまはレネレットさまの命の恩人だとお聞きしましたけど……」

リズを困らせてしまって申し訳ない気持ちはあるのだが、今はその事実にさえ気が乗らないのだから仕方がない。きっぱりと断って追い返してもらおう。

「それとこれとは話が別です。今は顔を見たくないの」

「そうですか……」

リズは私がオスカーをよく思っていないことを理解してくれている。だから彼女はここで引き下がった。

失礼しました、と告げて彼女が部屋を出ていけば、もう見える範囲に人はいない。

私は盛大に息を吐き出した。

「何やってるんだろう……」

思うようにならない歯がゆさが募《つの》る。

今まで結婚をすることばかり考えて生きてきたので、それ以外で自分のしたいことと改めて向き合っても何も浮かばなかった。

そもそも、前世で様々《さまざま》なことを経験しすぎているから、人生における酸《す》いも甘いも知り尽くしている。レネレット・ゴットフリードとしての立場で選べる道は多少絞られるが、それでもいろいろと思いつく選択肢の中に魅力的なものは特になかった。

それこそ、この人生はあそこで終わってもよかったのではないか、なんて思えてしまう。するつもりはないけど、自殺したら転生できないんだったわね……でも、転生する必要も、あんまり感じないのよね……

やりたいことは大体やれた気がする。

それこそ、結婚くらいしかやりたいことは残っていないのだ。誰かを好きになって、家庭を持つ——そういうことがしたい。順番にこだわりはないから、家庭を持った後で相手を好きになっていくのもいい。とにかく、そういうものに憧れがあるので、今度こそはそうしたい。

この結婚への憧れの強さは、実は私の前世とはあまり関連はなくて、私の今の両親の仲が良好だということが影響している気がする。一番身近な夫婦の姿に密《ひそ》かに憧れを抱《いだ》いていても、子どもとしては別におかしくないだろう。

なんで私、結婚だけはできないんだろう……

「オスカーが私をもらってくれたらいいのに」

愛情はないと本人にきっぱり言われてしまったけれど、心中《しんじゅう》をしてくれる気があるなら結婚ぐらい受け入れてくれてよさそうなのに。

そういえば、心中《しんじゅう》は自殺扱いにならないのかしら。それとも彼が介助してくれるから大丈夫ってことなのかな……病《や》んでるわね……

私には理解しがたい感性だと思う。

「——ふうん。僕と結婚したいんですか？」

部屋に響いた声に、私は飛び起きる。声のしたほうを見ると、ドアの前にオスカーが立っていた。今日はちゃんと神父の格好だ。

あ、眼鏡かけてる。てっきり海に飛び込む時になくしたんじゃないかと思ってたけど、ちゃんと見つけたのね……って、問題はそこじゃない。

「お待ちなさい。レディの部屋に勝手に入らないでちょうだい！」

「リズさんが、レネレットさまは眠っていらっしゃるようですから、って通してくれたんですよ」

「だからって応じるな！　恥を知りなさい！」

よりにもよってと言いたくなる言葉を聞かれてしまったことで、恥ずかしさが増し増しである。

私がぎゃあぎゃあ喚《わめ》き立てると、オスカーはあからさまに困った顔をした。

「僕とあなたの仲ではありませんか。それに、せっかく助けて差し上げたのに」

「頼んでないし！　あそこで終わりになってもよかったし！」

「結婚願望をかかえたまま、今世の旅を終えるつもりでいた、と？」

彼の言葉はとても冷たくて、私は口を噤《つぐ》む。

ひょっとして、怒らせた？

想像していたのと違う態度に戸惑っていると、オスカーは言葉を続けた。

「もしくは、そんなことを考えてしまうくらいヤケになっているから、僕と結婚したいだなんて言い出した、と」

叱り、諭《さと》すように、彼はひと言ひと言をはっきりと告げた。

私は俯《うつむ》く。

「……仕方がないじゃない。どうせ、この世界では私は結婚できないんでしょ？　他にやりたいことも思いつかないし、これまでみたいにあんたが私を看取《みと》ってくれればいいじゃない。最近思い出したんだけど、どの前世でも最期にあなたの姿を見たわ。今回だって、転生させるためとか言って私に何かするつもりなんじゃないの？」

「僕は偶然その場に居合わせただけです。人聞きの悪い言い方をしないでください」

あからさまにため息をつかれてしまった。

いつもであれば、オスカーにこんな態度をされたらなんらかの反応を返してやるところだが、うまく頭が回らない。

「レネレットさんは心身共にお疲れなのですね。……ジェラルドについての続報をお持ちしたのですが、またの機会にしましょうか」

「待って、聞く」

出直そうとするオスカーを、私はすぐに顔を上げて引き止めた。

オスカーは私の言葉を聞いてニッコリと笑むと、ベッドにやってきて腰を下ろす。

待て、近すぎるぞ。

何もこんな至近距離で話すこともないんじゃないかと思ったが、疲労で動けない私には、彼を追い出す力など残ってなかった。もう好きにしてくれ。

「今のあなたは頑丈ですね。いつぞやの時は病弱でしたから心配したんですよ。夏場とはいえ、あんなに冷たい海に落ちたら高熱が出て、そのまま命を落としてしまうのではないか、と」

「その点は両親に感謝するわ。弟は病気がちだから、この頑強さを分けてあげたいくらいね」

「命は粗末に扱ったらいけませんよ。ね、レネレット」

神父らしく諭《さと》し励《はげ》ますような口調で告げ、ポンポンと軽く頭を撫《な》でる。

何よ、私が動けないのをいいことに、今日はやたらと馴《な》れ馴《な》れしいわね。

そんなことを考えていると、オスカーはどこからともなく封筒を取り出した。

「詳細を報告書としてしたためてきました。あとでゆっくりご覧になってください。――結論から言えば、ジェラルドはあなたを探すのを一度諦めて、当初の目的地に向かいました。船の修理も必要ですので、しばらくはこちらへ戻ってくることもないでしょう」

修理ということは、航行可能な程度で鎮火できたのか。

人的被害がないといいんだけれどと心配をして、避難用に乗り移った小船での会話を思い出す。

「ねえ、あの火事はジェラルドの自作自演だったってことでいいのよね？」

「ええ。船に火をつけるのは僕も手段の一つとして考えていたのですが、先に燃えていたので驚きましたよ。しかも、結構燃え広がってしまって。沈没しない程度に収めることはできたようですけどね。あれはジェラルドの指示で燃やしたのです。あなたの気を引くためにした演出でしょう」

「気を引く？」

火事を起こすことで私の気を引ける理由がわからない。財産も生命もかかっているのになぜと考えていると、オスカーは苦笑いを浮かべた。

「迫る火の手からあなたを守り、自分がいかにあなたを大事に思っているのかを示したかった、ということです」

僕は真似《まね》をしようとは思いませんし、人にお勧《すす》めできる方法でもないですが、とオスカーの言葉は続く。私も同意だ。

「ああ、そういう……」

失敗したら自分も死ぬ可能性のある方法だったし、実際危なかった気がするんですが。

恋は盲目というけれど、そういう類《たぐい》の過《あやま》ちで済まされることだろうか。

「呆れていらっしゃるようですが、レネレットさん？　実際あなたも、気持ちが揺らいだのではないですか？　拉致《らち》を決行するような人だけれども、ジェラルドの想いは本物なのだと」

探るような目と鋭い指摘に、私はギクッとした。

「それは……まあ」

ジェラルドはいい人なのではと自分に言い聞かせ、付き合ってみてもいいかもと思ったのは事実だ。

でも、海に落ちる私を助けようとしてくれた彼の手までは掴《つか》めなかった。

もし、あの火事が彼の自作自演だと気づいていない状態でも、手は取れなかったんじゃなかろうか――なんとなく、そう思う。

逡巡《しゅんじゅん》していると、オスカーが鼻で笑った。

「僕からすれば、いびつな愛情表現ですが」

それをあんたが言うのか。

私の転生先にずっとついてくるオスカーも、どういう理由で行動しているかは知らないが、充分すぎるほど歪《ゆが》んでいると思うんだが。

「しばらくは警戒しておきましょう。あなたが生きていると知ったら、彼が何をするかわかりませんから」

「そうね……」

結婚に関わることでなければ、オスカーは私の味方でいてくれるようだ。今回の件で、それがはっきりと確信に変わった。

「ところであなたは、結婚に興味はないの？」

私の結婚の邪魔をしてくるオスカーだが、果たして彼自身は未婚なのだろうか。

パーティーで出会った後に、すでにオスカー・レーフィアルについての身辺調査は行っていたが、結婚相手として考えたことはなかったこともあり、彼が既婚かどうかは確認していない。

興味本位で尋ねれば、オスカーはニコッと笑った。

「この世界の神父は神に仕える存在ですので、一般的な結婚はできないんですよ。ただ、子孫を残す必要はあるので、同じく神に仕える身となった女性と結ばれることはあります。ほら、特に僕が仕えているのは縁結びの神さまですし、その使徒に相手がいないのでは格好がつかないでしょう？」

まどろっこしい説明だが、国に認められた制度としての結婚はできないという意味らしい。でも、事実婚のような関係は結んでもよい、ということか。

「ってことは、もう相手はいるの？」

今世では二十八歳だというオスカーの年齢であればすでに家庭を持っていてもおかしくはない。わざと意味深長な言い方をしたのには、理由があるはずだ。

無邪気に尋ねると、彼は困った顔をした。

「ええ、まあ、……そういうことにしておきましょうか」

なんとも歯切れの悪い回答だ。

だが、いない、とオスカーが言い切ってくれなかったことに、私の心は曇《くも》った。

どうしてはっきりと答えてくれないの？

もしオスカーに相手がいるのだとしたら、こんな風に私にばかり構っていていいのだろうか。

「そ、そっか。そうよね、ははっ」

笑ってはぐらかす。どうしてこんなに胸が痛むのだろう。ちょっと気まぐれに聞いてみただけなのに、なんで動揺してしまうのだろう。

「――僕はそろそろお暇《いとま》しますね。レネレットさんはゆっくり休んでください。相談でしたらいつでも乗りますよ」

穏やかな笑みを浮かべるオスカーは優しい言葉を置いて、部屋を出ていったのだった。

第4章　思いがけない縁談

海に落ちて数日後。私は父に呼ばれて応接室に入った。部屋には先客として母の姿がある。

父の勧《すす》めでソファーに腰を下ろすと、私は話しかけた。

「なんの用でしょうか、お父さま」

「一つ提案があるんだが、聞いてくれるかな、レネレット」

「は、はい……」

改まってなんの話だろう。雑談程度なら顔を合わせる食事の時にできるので、わざわざ応接室に呼ばれることはない。

ジェラルドの件かエイドリアンの件で新しい動きでもあったのだろうか——と身構えていると、父はゆっくりと話し始めた。

「お前だけ、先に領地に戻らないか？」

「え？」

思ってもみなかった提案に、私は目を瞬《しばたた》かせた。

父は隣に座る母をちらりと見やった後で言葉を続けた。

「この王都に留まるのも悪くはないが、いつヴァーノン子爵が戻ってくるかわからないだろう？　私たちはまだこちらでの仕事が残っているが、身の安全と療養を兼ねて、レネットだけ帰ってもいいのではと考えたんだ」

話を聞いている母が口を挟まないところを見るに、すでにこの話には同意しているのだろう。

それに対する私の感想はとてもあっさりしたものだった。

――帰るのもアリか。

今や私が王都にいる意味はあまりない。というのも、ここでの主な目的は社交界に顔を出して結婚相手を探すことだったからだ。結婚の意欲が落ちてしまった今、パーティーに参加する気も失せている。それに、たとえ今は戻らずとも、本格的な冬が来る前には必ず領地に戻ることになるわけで、私一人が早めに帰ったところで特に問題はない。

お見合いの相手を探すだけなら向こうでもできるもんね。王都にこだわる必要はないわ。

だから私は、両親に「そのようにします」と答えた。

全ての準備を整えた後、私は神殿を訪ねた。そして、私一人が先に領地に戻ることをオスカーに話す。

「――というわけで、私は領地に帰るわ。お世話になったわね。次の夏が近づいたらまた来るから、その時には挨拶に顔を出すわ。それまではお別れよ」

私は明るく元気に宣言してみせた。

オスカーはどんな顔をするのかしら？

「そうですか。よい選択だと思いますよ。それではお気をつけて」

私の期待とは裏腹に、オスカーはにこやかに返してきた。拍子抜けである。

「……それだけ？」

あまりにも素っ気ないので、思わず突っ込んでしまった。引き留めてほしいわけではないのだが、何かこう、もう少し、声をかけてくれてもいいんじゃないかしらね。

「他に何か？」

じっと見つめていると、オスカーは不思議そうに首をかしげた。

「いや、うん。いいんだけど」

何を期待したんだろう、私。

オスカーの顔を見ていたら、彼にとって私の不在はその程度の価値しかないのだとよくわかった。そっと視線を外す。

「寂《さび》しくなったら手紙を送ってください。返事くらいは書きますよ」

「あ、うん」

歯切れ悪く返すと、オスカーが私の頬に手を添えた。

強制的に視線が重なる。

オスカーは私の顔を覗《のぞ》き込むと、心配そうな顔をした。眼鏡の奥の緑色の瞳が揺れている。

「エイドリアンの件、ジェラルドの件と続いたことで、あなたの元気が失われてしまったようですね。領地でゆっくり休養を取るのはよい案だと思います。どこにも嫁《とつ》がないのなら、あなたが次の領主になる可能性もあるのでしょう？　これを機会に、自分の土地を見て回るのもよろしいのではありませんか？　子どもの頃とは違ったものが見えてくることもあるでしょう」

オスカーの言葉を聞いて、そういうことかと私は納得した。休養を取れというのは、あくまで建前。本心では、早く領地に帰って領地のために何ができるのかを考えなさいと言っているのだろう。

私は目を伏せる。

「うん、そうね……。オスカーは、領地を発展させる道が私に向いているって言うのね」

オスカーの手を軽く払い、ため息混じりに言葉を続ける。

「たぶん、だけど。これからこの国は貿易によって発展することになるわ。国内の産業が見直され、特化あるいは淘汰《とうた》されていく。時代に取り残されないためには、この平穏な時期に自分の手持ちの駒《こま》を確認するのが重要ね」

数ある前世において、私は記憶を頼りに未来を予測し、のし上がってきた。知識は強力な武器になる。逆境を乗り切って勝ち上がってこれたのは、私が転生者だからだ。その記憶や知識を全て自分と周囲のために使い、私は私の幸せを極めた。

うん。それも幸せの形の一つだと知っているわ。

表社会で華々しく人生を謳歌《おうか》できた。それらは確かに楽しかった。充実した一生だった。

家族はいなくても、たくさんの友人たちに囲まれて人生を終える――それも悪くはない。悪くはないけれど。

心が曇《くも》る。

「レネレット?」

「何?」

彼が敬称なしで私を呼ぶのは珍しい。顔を上げた途端に目に入ってきた光景に思わず背筋が伸びる。

彼は真顔でこう言った。

「僕とキスをしてみますか？」

キス？　え、聞き間違い？　だとしたら、何をどう間違うとそうなるのよ？

今の私は令嬢らしからぬ、間抜けな顔をしている自信があった。

「え？　何、頭打った？」

そう答えるので精いっぱいだったが、その選択は正しかったようだ。

オスカーは私の返答に満足したのか、にっこりと笑った。冗談だよと言いたげに見える一方で、どこか残念そうにも感じられる。

「そんな風に言い返せるなら心配いりませんね。今の発言は忘れてください」

どうしていきなりキスなんて……と考えていると、ふと船上で意識を取り戻した時のことが蘇《よみがえ》った。

「キスで思い出したけど、あなた、私が海に落ちた時に人工呼吸をしてくれた？　仮にそうだとして、人工呼吸はキスじゃないから。ノーカンだから！」

医療的処置をキスとしてカウントするのは納得しかねる。

私が早口でまくし立てると、オスカーはクスクスと笑った。

「ええ。呼吸が止まっていたので、人工呼吸はしましたよ。前世知識は便利ですね。ですがあれはノーカウントで構いませんよ」

「当たり前よ。あんなのをキス扱いされたらたまったもんじゃないわ。やっぱりキスはちゃんとムードを感じる中で、じゃなきゃ」

気絶している間に全てが終わっていたなんて、悲しすぎる。そういうのはお互いに気持ちが高まって、心の準備ができてから挑《いど》みたい。

「では、誓いのキスまでお預けですね」

オスカーがおどけて肩を竦《すく》め、話を続ける。

「前世も含めて、レネレットさんにとっては大切なファーストキスですものね。……まあ、ファーストキスは、あなたの記憶が欠落しているだけで、前世で済ませているはずなんですが」

「ん？」

後半の言葉はゴニョゴニョと小声だったのでよく聞き取れなかったが、ファーストキスがどうのと言っていた気がする。

首をかしげてもう一度言えとアピールするが、オスカーはなんでもないというように手を軽く左右に振った。

「いえ、独り言です。——ああ、それとどうでもいい情報を一つ。僕のファーストキスはすでに済ませてありますから、あなたに施《ほどこ》した人工呼吸は初めてのキスではないですよ。ご心配なく」

ニコニコしながら言うので、イラッとした私はオスカーのみぞおちに正拳突《せいけんづ》きをかましてやった。グフッと息を吐き出す声が耳元でする。これは見事にきまった。

それにしても、どうして胸がざわざわするのかしら。

「本当にどうでもいい情報をありがとう。もう帰るわ」

呻《うめ》くオスカーを置いて、私は華麗に踵《きびす》を返したのだった。

＊　＊　＊

約半年ぶりのゴットフリード伯領は作物の収穫前で緑が生《お》い茂っている。農耕に適した丘陵《きゅうりょう》を所有しているおかげで、収入が安定しているのが特徴だ。

まあ、私が本気を出せば、もっと収穫量を増やせるだろうけど。

今までの経験から考えて、水路を整備し、工具を改良するだけで五割程度増やせる見込みがある。この世界のやり方には無駄が多いのだ。

それはさておき。

私は屋敷でお見合い用に描《えが》いてもらった新しい自分の肖像画を手に取っていた。いったんは結婚を諦めかけた私だが、ジェラルドの件を思い返して、国外に嫁《とつ》ぐのもありなのではないかと考え始めたところだ。

隣国との仲は現在良好であり、おそらく私が生きている間に戦争が起こることはないと考えている。宗教観や文化の違いはややネックだが、この領地からもそう遠くない隣国の人間に嫁《とつ》ぐのは、選択肢の一つに加えてみてもいいかもしれない。

とはいえ、出会う機会がないんだけど。

新しい肖像画はなかなか美人に描《えが》けていると思う。これをうまいこと隣国の適齢期の男性に届けられれば、ひょっとしたらうまくいくんじゃないだろうか。浅はかな考えだと、自分でもちょっと思うけど。

「焦ることはないですよ、レネレットさま。次の春がきてから王都のパーティーで相手を探しても、まだ猶予《ゆうよ》はあるんですから」

「そうね……」

励《はげ》ましてくれるリズの言葉に適当に頷《うなず》き、私はチャンスがくるのを願った。

神に祈りが届くこともあるらしい。

「お父さまから手紙？　何かしら」

領地に戻って数日後。のんびりとお見合い計画を進めていた私のもとに、王都の家族からの手紙を携《たずさ》えた使者が訪ねてきた。至急だというその知らせに、私は身構える。

予期せぬ手紙に驚いた私は、受け取るなりさっそく中身を確認した。

「……なるほどね」

そこに記《しる》されていたのは、隣国の宰相一行がシズトリィ国王との会談を計画しているという内容だった。王都に入る前の中継地点としてこの近くを通るため、父は彼らにゴットフリードの屋敷を利用してもらってはどうかと打診したのだ。たまたま私がこの屋敷にいるので、準備をしてもてなすことができるだろうと考えたらしい。

国外に伴侶《はんりょ》を求めるなら、これに乗らない手はない。

「明日には王都に戻りますので、お返事を頂戴できるようでしたら書状を用意していただけますか」

「ええ、すぐに用意するわ」

私は急いで了承の旨《むね》をしたためて使者に託《たく》した。来訪当日までには両親もこっちに戻ってくるそうだが、それまでの準備は私が一人で取り仕切る。うまくやれれば、さっそく領地における実績を積むことができるだろう。

二週間後に迫ったその日のため、私は宰相一行を迎える準備に精を出す。お見合い計画は後回しにし、客をもてなすことに専念した。こういう時に前世知識は大助かりだ。

私が張り切っているのを見て、領地の屋敷についてきた使用人たちも元気を取り戻し始めたらしい。これはいい兆候だ。


二週間なんてあっという間だ。支度は順調に整い、やがて当日となった。

「ようこそ、ゴットフリード邸へ。お待ちしておりました」

この日のために新調した真新しいドレスを着て、私は来賓《らいひん》に挨拶をする。

隣国の宰相一行を一晩もてなすという重大なプロジェクトは、現在一番大事な局面にきていた。

数十人のお供を連れてきた隣国の宰相、ランスロット・バーンスタインは、後学《こうがく》のためと称して、嫡男《ちゃくなん》であるジャスパー・バーンスタインも同席させていた。

親子で行動しているということは、彼が次の宰相候補なのかしら？

国外に行くのに息子まで同伴する意味が、私にはそれぐらいしか考えられない。

「こんばんは、レディ。私はジャスパー・バーンスタイン。このように盛大に迎えてくださり、感謝しています。どうぞお気遣いはほどほどにしてください」

私が挨拶をすると、ジャスパーはにこやかに返してくれる。自己紹介も丁寧だった。

あら、なかなかいい男ね。

女性的にも見える柔和《にゅうわ》な顔立ち。金髪というよりは茶髪に近いブロンドはふんわりと柔らかそうで、穏やかなエメラルドグリーンの瞳の色に合っている。目はぱっちり二重《ふたえ》でまつ毛が長く、そのためかとても大きく見える。鼻筋もすっと通り、薄い唇は形が綺麗だった。

頬骨《ほおぼね》が張っていないからスッキリしているのね。見ていて飽きない顔だこと。

表情も愛らしい。メイドたちがうっとりとしているのがわかる。

背はあんまり高くないが、全体的に細身のためバランスが取れていた。顔が小さいから特にそう思えるのかもしれない。得な体形だ。

しかし、秋に入ったとはいえ、移動中もクラヴァットを結んでいるなんて暑くないのかしら？

彼は旅行用の服装をしているのだが、まだ夏の暑さが残っているこの時期に、きちんと首元にクラヴァットを結んでいた。結び方を工夫していて、かなりお洒落《しゃれ》だ。

とにかくスタイルがすごくいいので、雰囲気に合っている。

ジャスパーさんは未婚なのかしらね？

次期宰相候補にいきなり色目を使おうとは思わないが、ここで恩を売っておいて名前を覚えて帰ってもらうのはいいかもしれない。彼が既婚者《きこんしゃ》だとしても、こうしておけばいずれ条件のいい男性を紹介してもらえる可能性がある。必ず次に繋《つな》げようと、私は機会を窺《うかが》うことにした。


晩餐《ばんさん》を終え、就寝の時間を迎える。全てはつつがなく進行し、宰相一行は明日の朝食後に出立《しゅったつ》することになっていた。

明日も天気はいいみたいだし、特に事件も起きることなくお見送りできそうね。

自分が令嬢らしく振る舞えているかは正直なところ自信がないが、粗相《そそう》はしていないはずだ。このまま乗り切れるように祈ろう。

窓の外は星でいっぱいだ。ゴットフリード伯爵領は空気が澄《す》んでいて、王都よりも星がよく見える。

その時、星が一筋流れて、私はすかさずお願いをした。

――縁談がまとまりますように。

自分の結婚を願ってから、私ははたと気づいた。今はそれよりも、この一大プロジェクトを乗り切ることを願うべきだったのではないか。

あー、また流れ星がこないかな……

しばらく空を見上げていたが、以降は一向にくる気配がなく、私は密《ひそ》かに後悔した。

ところが、そろそろ窓を閉めて寝ようと思った時、庭の奥のほうで影が動いたのが目に入る。

何かしら。この辺には獣もいないはずだけど。

つい気になって、私はそちらの方を凝視《ぎょうし》する。月明かりに照らされている柔らかそうなブロンドには見覚えがあった。男性としてはやや小柄と言える背丈《たけ》の、スレンダーなシルエットにも既視感を覚える。

あれ？　あの人は……ジャスパーさん？

私が彼に気づいた瞬間、向こうも私が窓から顔を出しているのに気づいたらしい。驚くか目を逸《そ》らすかと思いきや、彼は私に手を振ってきた。

ん？　どういうつもりだ？

ジャスパーは声を出すことなく身振り手振りでこちらに何かを伝えようとしている。どうやら、外に出てこないかと言っているらしい。

私を呼んでいるの？　と、身振り手振りで返す。すると遠目にもわかるくらい大きく頷《うなず》いた。

仕方がないなあ……。

ジャスパーの周囲にお供がいる様子はない。この領地は獣が少なく、変質者も滅多《めった》に現れない安全な土地なので、夜間に男一人で外をうろついていても問題はないだろう。

しかし、来賓《らいひん》にもしものことが起きては大変だ。特に彼は国外の人間なので、その身に何かあればいきなり外交問題に発展してしまう。ここは注意喚起するためにも出ておこう。

私はストールを引っ掴《つか》んで部屋を出た。

私が庭に出ると、ジャスパーは穏やかに迎えてくれた。部屋からはよく見えなかったが、彼は寝間着にガウンを羽織《はお》っただけの軽装だ。こんな夜分に出歩くにしては心許《こころもと》ない装備である。

「こんばんは、レネレットさん。お呼び立てして申し訳ない」

「いえ。それは構わないのですが、もうこんな時分ですし、どうぞ中へお戻りください。このあたりは予想以上に冷え込みます」

私が注意すると、ジャスパーはにこやかに見つめてきた。そして形のいい唇が動く。

「今日の準備は君がほとんど仕切られたのだと聞きました。この短期間であれほどの歓待をご用意してくださるなんて、ずいぶんと有能な方でいらっしゃるのですね」

唐突に褒《ほ》められて、私は戸惑う。素敵な男性に自分の功績を認めてもらうのは嬉しい。でも私は、なぜかその気持ちを素直に受け止められなかった。

「……快適に過ごしてくださっているのでしたら、とても嬉しく存じます」

無難な言葉を選び、話を終えて部屋に戻ろうとする。

しかし、彼は動かない。

「待って。もっと二人きりでお話がしたいのです」

「ですが、ここではお身体に障《さわ》るかもしれません。この土地は野獣も少なく、治安もいいのですが、あなたのお立場を思えば何が起こるかわからないでしょう。部屋に戻って、それからお話ししても――」

そう答えると、ジャスパーは手で自らの口元に触れながらくすくすと上品に笑った。

「こんな夜分に異性の部屋に行きたいとおっしゃるとは、君は大胆なのですね」

指摘されて、私はハッとする。うっかりしていたが、確かに彼の言う通りだ。私っていうか、この前オスカーが私の部屋に入ってきたのを咎《とが》めたばかりじゃない。私が同じことをしてどうするの！

「あ、いえ！　そういうことを示唆《しさ》したわけでは……あの、本当に、すみません……」

ジャスパーは気分を害したわけではないようだったが、私は彼に向かって頭を下げた。

恥ずかしい……。

彼が親切な人でよかった。ジェラルドみたいに相手をその気にさせてしまうと、いろいろまずい。隣国の有能な青年に色仕掛けをした女という話でも広がったら、かなり厄介だ。

「顔を上げて、レディ。謝らなくていい。意地悪な言い方をしてすまなかった」

ジャスパーが申し訳なさそうに声をかけてくる。

私は彼の様子を窺《うかが》いつつ、ゆっくりと上体を起こした。

少し困った顔をしているジャスパーは、やはりこんな状況でも、とても素敵な紳士に見える。

「君と話をしたいと言ったのは、そういう意味ではないのです。この領地のことや国の話を聞かせてほしい。この国が君の目にどう映っているのか、知りたいのです」

「そんなことを知ってどうなさるのですか？」

話すのは構わないが、それを私に望む理由がわからない。気になったことをそのまま問えば、ジャスパーはまたくすくすと笑った。

「そうですね――君がどんなことを考える人物なのか知りたくて。生まれた国が違うせいか、共通の話題がすぐに浮かびません。なので、君について知るためにと。気の利いた話題の一つでも振れればよかったのですが、私自身、これまで勉強ばかりしてきたので、すぐに思いつかなかったのですよ。君の気分を害してしまったなら申し訳ない」

「ああ、いえ。謝らないでください。嫁《い》き遅れている私には、かえってそういう恋愛の絡まない話題のほうが話しやすいです」

私が慌てて返すと、彼はおや、という顔をした。

「嫁《い》き遅れ？」

「は、はい。私、十七歳なのに婚約者もいないので」

余計なことを口走ってしまったと後悔したが、聞かれてしまうと答えないわけにはいかない。立場的に断れないのだ。

「へえ。私は二十七歳だが、まだ未婚ですよ。人それぞれですし、急ぐこともないでしょう」

重要な情報を得られた。ジャスパーさんは二十七歳で未婚。

これは自分を売り込んでおくと、のちのち美味《おい》しい展開が待っていたりしませんかね？

私は言葉を慎重に選んで話題を探しながら、彼のことを知りたいと強く思った。

「男性はいつでも結婚できるからいいのです。シズトリィ王国では、十七歳の女性は結婚しているほうが普通なので」

国が違えば風習も異なる。彼の普通が私の普通と同じとは限らない。

やはりジャスパーは一瞬驚いたような顔をして、そしてふむと唸《うな》った。

「なるほど。こちらではそれが常識なのですね」

「ええ」

さて、いつまで外で話したものだろう。警備の兵がやってくるなりして一声かけてくれたらすぐに移動できるのに。

そうは思うものの、他に人が訪れそうな気配はなかった。助け舟を期待するのは難しいだろう。

「あの、とにかく屋敷に戻りませんか？　夜風が冷たくなってきました」

口実として使ってはみたが、吹く風が冷たいのは確かだ。とっさにストールを掴《つか》んで出たのは正解である。私が自分の腕を軽くさすってみせると、ジャスパーはようやく頷《うなず》いてくれた。

「そうですね。私の部屋に移りましょうか」

「はい……」

自然な流れで部屋に誘われて、私はつい頷《うなず》いてしまった。これまでの紳士的な態度に気が緩《ゆる》んでいたのだ。考えなしと笑ってくれて構わない。

私は今、ジャスパーの部屋にいた。あの後なんとか自分の部屋に戻ろうとしたのだが、うまいこと言い包《くる》められて中に連れ込まれてしまったのだ。

「レネレットさん」

「は、はい」

途中で隙を見て部屋に戻ろうと考えていたが、ジャスパーは扉の前に立って通せんぼをしている。彼の視線が私とベッドを行き来した。どうやら私がベッドに向かうのを待っているらしい。

「君の話を聞かせて。そのベッドで」

雲行きが怪しい。私は果たしてジャスパーから逃げ切れるのだろうか。

「あの……明日も早いのですから、もうお休みになられたほうが……」

おずおずと提案すれば、ジャスパーは一歩ずつこちらに進んでくる。私は後ずさりし、ベッドにぶつかってひっくり返った。

「ひゃっ!」

「このまま私の抱き枕になって」

ジャスパーに上から覆《おお》い被《かぶ》さられる。それはとても自然な動作で、かわすことはできなかった。

「お、お断りいたします!」

私は小声で必死に告げる。

大声を出して助けを求めればいいのだけれど、こんなことでせっかくここまでうまくいっていた接待を台無しにしたくはない。穏便に済ませることができるなら……と、懸《けん》命《めい》に思考を巡らせる。

「君のことをもっと知りたいんです。そして私のことも知ってほしい」

「け、結構です!　離れて」

以前エイドリアンに押し倒された時にはオスカーが絶妙なタイミングで乗り込んできてくれた。だが今、彼は王都にいるわけで、そう都合よく助けてくれるわけがない。

自分で、どうにか……!

「こんなに美人で、優秀な頭脳を持っていらっしゃるのに婚約者がいないなんて、周りの男は見る目がないのですね」

「良縁に恵まれないだけです」

求婚はされた。でも、それが素敵な結婚に繋《つな》がっているようには見えなかった、それだけ。

「そう。私もいいご縁がなかなかなくて」

「あなたこそ、素敵な人なのに。この屋敷のメイドたちが、さっそく熱を上げていましたよ」

「しかし、私とは縁のない人ばかりです」

彼は自分の寝間着のボタンをはずしていく。一つずつ、確実に。

ああ、どうしよう。もしかしてひと夜の過《あやま》ち的なヤツが起ころうとしているの？　私の身にそんな事態が降りかかるなんて、想定したことがないからどうしたらいいのかわからないけど、私はムリ！　そんなすぐにはムリだから！

状況と自分の気持ちから、やっぱりこのまま流されるのはよろしくないと結論づけるも、相手が重要な客人という考えが邪魔をして手をあげるわけにもいかず。何か言って気を逸《そ》らすか、説得して回避しないとと迷っている間にも、事態は進行していく。

待って待って！　あなたはとても素敵な男性だけど、こういうことはもっと互いを知ってからにっ！

彼のボタンが外れて、肌が見えてくる。目を閉じずにまじまじと見てしまったのは、混乱状態だったから許してほしいのだけれど——胸元が見えてきた時に違和感を覚え、驚きの声が出た。

「あ！」

私は彼の秘密に気づいてしまった。

ううん。彼じゃない。この人は——彼女だ。

ランプの明かりが灯《とも》された室内に笑い声が響く。

「——ひどいです。乙女の純情を弄《もてあそ》ぶなんて」

「はは、悪かった悪かった」

愉快げに笑うジャスパーの声が部屋に響いていた。私は真っ赤になり、ベッドの上で縮こまっている。

「君に興味を抱《いだ》いて、どういう人なのか知りたいと思ったのは本当なんです。ただ、その前に君が本物の女性であり、誰かの回し者ではないという確証がほしかった。少なくとも、男の変装かどうかを調べるのには、これが手っ取り早いと思って」

そう言ってジャスパーは笑っているが、こうして楽しげな様子を見るに、人をからかうことは、おそらく彼女自身の趣味でもあるのだろう。

クッソ、騙《だま》された……

互いに女性であるということを証明すれば、ジャスパーはちゃんと離れてくれた。今は二人とも寝間着をきちんと身につけ、ベッドに並んで腰を下ろしている。

「私が男だったら、どうマズかったんですか？」

「私の都合が悪くなってしまうので、マズいのですよ。実は君に、私の花嫁になってほしいと思っているから」

「……はい？」

どういうことだ？

話が見えない。私が続きを促《うなが》せば、ジャスパーは真面目な顔をして一度頷《うなず》いた。

「私は今まで、この身を男と偽《いつわ》って生きてきました。私の国では男子のみが家督を継承できるので、私しか子を儲《もう》けられなかった両親は私を男子として育てるしかなかったのです。もし父の目に適《かな》わなければ遠縁から養子を迎えることになっていたのですが、幸い合格を得られたようで。今の私は父の仕事を継ぐための勉強をしている最中です」

「はぁ」

唐突に始まった彼女の身の上話に、私は生返事をする。

　ジャスパーは続ける。

「問題は、私の結婚です。充分な年齢になったとはいえ、性別を偽《いつわ》っている以上そう簡単にはいきません。政敵に弱みを握られては致命的です」

「まあ、そうでしょうね」

　隣国の風習はよく知らないが、話を聞いた限りでは家督の継承に限らず、政治面でも男性の発言力のほうが強いのだろう。女王が仕切るシズトリィ王国とは文化が大きく異なるようだ。

「そこでシズトリィ王国で、我が国の政治と無関係な女性を妻として迎えられたらと思っておりまして」

「あー……つまり未婚の女性で、政治から離れた場所にいて、あなたの国での発言権が低い家柄の人間を奥様にほしい、と」

「知性も必要です。ほんの短い間ではありますが、共に過ごして、周囲の君への評価が高いことを知りました。家族だけでなく使用人たちからも信頼されている。それに、私にここまでされたのに、色目を使うこともなかった。好ましく思います」

　穏やかに微笑まれると、この人が女性だと知った今でもときめいてしまう。……ちょっとだけだけど。

女性的な仕草を今も一切排して振る舞っているあたり、徹底して身体に演技を染み込ませたのだろう。努力の跡が感じられる。

「身に余る評価をありがとうございます。ですが私も、一応年頃の娘なもので、あなたが伴侶《はんりょ》として相応《ふさわ》しいかどうか値踏みはしていましたよ？」

あわよくばと考えていたのだから、全く色目を使わなかったわけではない。態度にあからさまに出さなかったというだけだ。

「へえ。では、私は君の目には適《かな》いませんでしたか？」

私の前に移動したジャスパーはその場で跪《ひざまず》いた。恭《うやうや》しく手を取り、私を見上げてくる。

さて、どうしたものか。

ちょっと特殊な形ではあるが、こういうのも悪くないように思う。今回も結婚できない人生を歩むことになるのではないかと落ち込んでいたこともあり、ジャスパー自身に大きなマイナス点さえなければ構わない気がしていた。

そもそも第一印象の好感度は高い。エイドリアンを相手していた時みたいになんでも話せそうだし、ジェラルドのような押しの強さはなく、一緒にいても息苦しくない。

ただし、ジャスパーは女性だ。その部分が幸せな結婚をめざす私にとってどれほどのハードルになるのかは、異例すぎてイメージを掴《つか》めない。

「あの……一度考えさせてくれませんか？」

私たちは出会ったばかりで互いのことをよく知らない。隣国の住人だということもあり、風習の違いでこの先面倒が起きる可能性もある。

本人の人柄はよさそうだけれど、逆に私が彼女にとって不都合な振る舞いをしてしまう危険性だって否定できない。障害の多そうな国際結婚をこんなに早急に決めないほうがいいのではないか。

ということを話して理解を求めると、ジャスパーはニコッと笑い、私の手の甲に口づけをした。軽く触れる熱が心地いい。

「そうですね。互いを知るためにも時間をかけたほうがいい。急がせて申し訳ありませんでした」

こういう場面でスッと引いてくれるのはありがたい。

どうも私は急激に距離を詰められると戸惑ってしまうタイプのようだ。ジェラルドに迫られて初めて自覚したことだが。

立ち上がったジャスパーは、ふむと口元に手を当てて考え込んだ後、ゆっくりと告げる。

「とりあえず、私が君に一目惚れをして求婚したという体《てい》で話を進めてもよろしいでしょうか。王都の事情に詳しいあなたに、シズトリィ王国内での案内役として同伴をお願いした——そう説明すれば、しばらく一緒に過ごせますかね？」

王都までついてきてほしいというジャスパーの提案を私は反芻《はんすう》する。少々無理がある気はするが、そこまで不自然な設定ではない。私は頷《うなず》いた。

「ええ。問題ないかと。……本当に私でよろしいのですか？」

「私の直感では君以外にありえないのです。同伴いただいている間に君のほうから反故《ほご》にしてほしいと言われる可能性はもちろんありますが、ご了承いただけるのでしたら是非に」

「わかりました」

思わぬ展開であるが、興味深い。たとえ結婚話がなかったことになっても、これはこれで今までになかった面白い経験ができそうだ。

私が承諾すると、視界が急激に変わった。

ジャスパーに押し倒されたのだと理解したのは数秒後。

「あ、あのっ！」

悲鳴を上げなかったのは僥倖《ぎょうこう》だったと思う。

「ふふ。よかった。異性として見ていただけているようで。明日以降もその調子でお願いいたします。私に恋していただけるよう、頑張りますね」

試されたのだと理解した時には私はジャスパーから解放されていた。

「し、失礼しますっ！」

ドキドキする胸を押さえ、私はジャスパーの部屋を出たのだった。

第5章　王都に戻ります

その後私はジャスパーに見初《みそ》められ、互いの関係を深めるために案内役として王都に同伴することになった——という彼の設定通りに行動していた。

だいたいの話はジャスパーが周囲に通してくれた。私が自分のベッドで目覚めた時には根回しが終わっているという手際のよさで、思わずまだ夢を見ているのではないかと疑ったほどだ。

ランスロット氏への報告はジャスパーが私のいない間にしてくれたらしい。改めてランスロット氏と顔を合わせた時、同行することについての当たり障《さわ》りのない簡単な質問を私は彼からされた。こと細かに聞かれるんじゃないかと構えていた私が拍子抜けしてしまうほど、ここはあっさりと話がまとまったのだ。

そして今、ランスロット氏とジャスパーと並んで私の両親との話し合いが行われている。

ジャスパーの説明が終わり、私の両親はランスロット氏を不安そうに見た。本当に承諾しているのか、二人からしたら気になるだろう。

気持ちが伝わったのか、ランスロット氏は口を開く。

「――心配なことは多々ありましょうが、私も彼らの関係については前向きに検討したいと考えております。そのためにも、同行の許可をいただけませんか？」

促《うなが》され、父も母も困惑気味の表情だ。急にこんなことになって驚くのは仕方がない。

「――えっと……そういうことですので、改めて私からもお願いいたします」

両親の前で私たちは頭を下げた。隣に立つジャスパーがことの経緯をひと通り説明してくれたのだが、二人はなんと返事をするだろうか。

父と母は驚いた顔をして互いの顔を見る。二言三言、小声で相談したかと思うと、こちらに顔を上げるよう促《うなが》した。

「そういうことでしたら、喜んで。未熟なところもあるかもしれませんが、娘をどうぞよろしくお願いいたします」

恐縮するようにそう言って、父はジャスパーに頭を下げた。

「ありがとうございます。娘さんをお借りいたします」

ジャスパーも深々と頭を下げる。私がホッと安心していると、母が私を見て優しげな笑みを浮かべながらこう告げた。

「レネレット。何かあったらすぐに私たちを頼ってちょうだいね。できる限りのことはするから。くれぐれも粗相《そそう》のないようにしなさい」

「はい、お母さま。お父さまも、ありがとうございます」

こうして私の両親の同意はあっさりと得られた。

おそらく母も、不運続きだったここ最近の私を密《ひそ》かに案じてくれていたのだろう。何かあったら頼るようにとの言葉が本当に嬉しかった。


ところで。

同伴して王都へ戻ることになったわけだが、道中ジャスパーはずっと私をペタペタ触ってきた。本当は同性同士だし、仲良しアピールにもなるから、積極的でもまあいいか……と思っていたんだけど、ちょっとスキンシップが激しくないですかね？

男装をして男社会で生きてきた反動で、女性に癒《いや》しを求めているのかもしれない。

私はジャスパーの隣で添い寝をしながら思う。

周囲への建前としては、私の突然の同伴で人数分の部屋を押さえることができなかったから、婚約秒読み状態のジャスパーと同室になった、ということになっている。こういう理由も、さくっと思いつくのはジャスパーだ。

「あの、ジャスパーさん？」

同じベッドで横になっているジャスパーに尋ねると、彼女はゆっくりとこちらを向いた。

「何か？」

「そういえば、跡継ぎの子どもはどうするのですか？　養子を迎えるおつもりで？」

「まあ、私たちでは子づくりはできないですからね」

そう答えて、ジャスパーは私に覆《おお》い被《かぶ》さった。

彼女の中性的な顔が至近距離に迫る。女性とわかっていてもついドキドキしてしまうのは、こういった仕草に耐性のない私では仕方がないのだろうか。

「養子を迎えるか、あるいは君の望む愛人との間にできた子を、私の実子として育てるつもりでいます」

「ああ、そういう……えっ!?」

あ、愛人……？

思わぬ単語に、一瞬オスカーの顔がよぎったが、気が動転しすぎだろう。

私が困惑していると、ジャスパーは続ける。

「私の妻が産んだ子であれば、要件を満たしますからね」

「で、でも、私に似なかったらどうするんです？」

ジャスパーに全く似ていない子どもが私から生まれたら、いろいろと問題にならないだろうか。

その問いに、ジャスパーはくすくすと笑う。

「君が愛人に選ぶ男性が、私に似ていることを祈るばかりですよ」

私が望む愛人というのは、ジャスパーによく似た容姿を持つ男性の中で、という条件も含むのだろう。

「君を抱く愛人には嫉妬しちゃいますけど、それが平和的な解決法でしょう。私は君の子であれば、家督を継がせるのは構わない」

「それは、あなたの父上も同意してくださっているのですか？」

不安を口にすれば、額《ひたい》にキスをされた。思わず小さな悲鳴を上げる。

スキンシップ過多なのが慣れない……！

同性間でも行き過ぎている感じがするので、こういう行為は慎んでいただきたい。

「私の立場を案じてくれるのですね。君は賢い女性だ。――でも、その点はご心配なく。私が家督を継ぐ時には父は亡くなっていますから、反対されることはありません」

ドギマギしている場合ではない。彼女の発した不穏な言葉に、私は慌てて反応した。

「ええと……それはご当主が健在の間は家督の継承を認められないから、っていう意味ですか？」

国が違えば風習も異なる。私の国では当たり前のことでも、彼女の国では違うという場合もたくさんあるだろう。

念のための問いだったが、ジャスパーは意外そうな顔をして首肯《しゅこう》した。

「ええ。――そう聞かれるということは、こちらの国では生前でも継承できるのですか？」

その答えにホッとした。

「はい。事情があれば、その都度《つど》という形で」

シズトリィ王国で家督を継ぐ条件は、さほど厳しいものではない。当主が継承したいタイミングで譲《ゆず》ることが可能である。もちろん、当主の死亡を理由に次代へ渡ることもあるが、本人が元気なうちに業務や領地の引き継ぎを行っておこうと嫡男《ちゃくなん》には早めに家督を継がせることもある。いろいろと引き継がねばならないことが多いので、継承は生きている間に済ませたほうがスムーズだ。

私が短く説明すると、ジャスパーは何かを思案しているような複雑な顔で頷《うなず》いた。

「なるほど。そのほうが合理的ですね。私の国もそうであればいいのに」

「長年の慣習もあるのでしょうね。あなたも政治家なら、法の改正に挑《いど》んでみるのはいかがですか？」

私が無邪気に促《うなが》すと、「……それもそうだね。法が変わるまで、待つことができればよかったんだけど……」とジャスパーは口ごもった。

「改正の予定でもあるのですか？」

「ああ、ごめん。独り言」

なんだろう。胸騒ぎがする。

何に引っかかっているのだろうかと私の頭が思考モードに入りかけたところで、ジャスパーが私の胸に顔を埋《うず》めてきた。不意打ちだ。

「ひゃあっ！　な、何するんですかっ！」

「君の身体に男が触れると考えたら、つい」

言いつつ、彼女は私の柔らかさを楽しんでいる。あまりの出来事に、私の身体は硬直した。

おい、待て。同性でもしていいことと悪いことがあるんじゃないですかね？

「やめてください！　い、いくらあなたでも、それはちょっと」

「君みたいな人が現れるんだったら、私は男に生まれたかったなぁ……」

ジャスパーはあくびを一つするなり、そのまま寝息を立て始めてしまった。

……仕方がないなあ。その一言で済ませちゃいけないかもしれないけど。

甘え上手な彼女の態度に、ため息をつく。

私より十歳近く年上の彼女だが、こういうところは子どもっぽく感じられる。正体を晒《さら》せる相手ができたことで張りつめていた気が緩《ゆる》んだのかもしれない、と自分に言い聞かせ、私もそっと目を閉じた。

その後王都に着くと自由時間を与えられたため、私はジャスパーと共にオスカーのいる神殿に向かった。

別に、婚約者候補が現れたらオスカーに挨拶に行くというのが習慣化しているわけではない。戻ってきたら顔を見せると言った手前、義理を果たしただけだ。

そして私たちがここに訪れた理由はもう一つ。もし結婚式を挙げるなら、オスカーに頼みたいと思ったからだ。なんとなく、彼ならジャスパーの秘密も守ってくれる気がして。

式を挙げないという選択肢も検討したが、彼女が宰相の一人息子として振る舞っていることを考えると、やはりお披露目《ひろめ》の場は必要になるはずだ。ジャスパーの国ではどのようにするのか具体的にはまだ聞いていないけれど、今のうちからいろいろと考えておいたほうがいいだろう。

「おやおや、レネレットさん。お戻りがずいぶんと早かったですね。僕に会えなくて寂《さび》しくなってしまいましたか？」

出迎えてくれたオスカーは、にこやかな表情で棘《とげ》だらけの言葉をぶつけてきた。

なんでこの人は毎度毎度、穏やかな出迎えができないんでしょうかね？

その理由に心当たりがないわけではないが、少しは場を丸く収めることを考えてくれてもいいのではないだろうか。仮にも縁結びの神さまを祀《まつ》っている神父がそんな態度で困らないのか……いや、彼の私への態度を考えると、期待するだけ無駄か。

そんなオスカーの態度に、ジャスパーは面白くない顔をする。

「見たところこの神殿の神父のようですが、参詣客《さんけいきゃく》に対してその態度はいかがなものでしょう？」

物申したい気持ち、私もよくわかります。

彼女の隣で頷《うなず》きそうになるのをなんとか堪《こら》えて、私はフォローを入れることにした。

「ええっと、彼とは旧知の仲なので、いつもこんな感じなんです、ごめんなさい」

「レネレットさんが謝ることではないですよ」

そう言って彼女はオスカーを睨みつける。その視線が私に戻る頃には、ジャスパーはいつもの穏やかな雰囲気をまとっていた。

こうなることがわかっていて、オスカーはあんな言い方をするんでしょうね……やれやれ。

私は二人を互いに紹介し、挨拶させた。空気がギスギスしている気がするが、初対面ならそんなもんだろうと思うことにしてスルーさせてもらおう。

挨拶が終わったところで、私は切り出した。

「――で、一緒に来ていただいたのになんですが、しばし神父さまと二人きりにさせていただけないでしょうか?」

理由がわからないからだろう。ジャスパーはあからさまに嫌そうな顔をした。

「なぜ、こんな男と?」

そういう言い方をしてしまうとは、余程お気に召さなかったんですね……

私もどうしてこんな男が前世からのストーカーなのかと思うけれど、そういう腐《くさ》れ縁なのだと今はもう諦めている。それに、オスカーに確認したいことは、ジャスパーに聞かれると都合が悪いのだ。少しの間だけでいいので、席を外してもらえるとありがたい。

「結婚が本決まりになれば、お世話になった神父さまと顔を合わせる機会も減るでしょう? 本当にわずかな時間で構わないので」

あらかじめ考えてきた言い訳を告げる。これで納得してくれればいいが、ダメだったら他の理由を考えなければ。

私の説明を聞いて、ジャスパーとオスカーの目が合う。二人の間で火花が散った気がした。

仲良くしてくれたらいいのに……って、無理か。私もオスカーと仲が良いとは決して言えないんだし。

ジャスパーだけでなくなぜかオスカーも殺気を放っている感じがして、周囲には不穏な空気が漂《ただよ》っている。二人は視線で何やら会話をしているようだったが、最終的にはジャスパーが折れたようだ。彼女がオスカーから目を逸《そ》らすことで空気が変わった。

「承知しました。しばし離れます。何かあれば大声で呼んでくださいね、レネレットさん。――失礼いたします」

挨拶をして、ジャスパーは去った。外に待たせている護衛と合流するのだろう。彼女が自国から引き連れてきた護衛たちは少数精鋭といった感じの傭兵《ようへい》だ。彼らに任せておけば問題ない。

完全に姿が見えなくなったところで、私は息を吐き出した。

「――結婚がどうのとおっしゃっていましたが、彼女と結婚するつもりなんですか？」

ジャスパーが部屋を出ていったふりをしている可能性も考えたのだろう。オスカーは眼鏡の位置を直しつつ、私にだけ聞こえるような小声で告げた。

へえ。この短時間で見抜くんだ……

私は肩を竦《すく》め、おどけてみせた。

「そのつもりよ。よく女性だとわかったわね。演技、完璧だと思うんだけど」

少なくとも私は、証拠を見せられるまでは、彼女のことを男性だと思っていた。

神殿に来てからのやりとりでも、ジャスパーは自身が女性であることを示すような言動はしていないと思う。なのにどうしてわかるのだろう。

私の言葉に、オスカーは鼻で笑った。

「僕にかかれば、そんな秘密などお見通しですよ」

「たいそうな目をお持ちだこと」

自信満々なところを見るに、オスカーが一目で気づいたのは事実なのだろう。皮肉でも冷《ひ》やかしでもなく、本当にたいそうな目だと思う。眼鏡をかけているからには視力はあまり良くないんだろうけど。何かコツでもあるのだろうか。

私が冷《ひ》やかすと、オスカーは神妙な顔つきで唇を動かした。

「ですが、向こうも僕を警戒しているようですね」

「よく言うわよ。あなたがあんな挑発をするからでしょうに」

呆れてそれしか言えない。オスカーは肩を竦《すく》めた。

「損な性格なもので」

「はいはい」

こいつと漫才をするために時間を取ったわけではない。そう思った私の意図は正しくオスカーに伝わったらしく、彼はすぐに話を切り替えた。

「それで、なんです？　彼女が結婚してもいい相手かどうかの確認でもしに来たのですか？　あなたに少しでも迷いがあるなら、やめるべきです」

オスカーには私のどんな未来が見えているのだろう。いつも少しでも迷いがあるならやめるべきと言うだけで、具体的な否定理由を挙げてこないなと今さら感じた。

まあ、本人に何かしら迷いがある時は、そう助言されただけで心が揺れるものだから、ただのハッタリかもしれないけど。

ジャスパーとの出会いから今までを振り返ってみるが、彼女が非の打ち所がない人物であるという評価は揺るがない。

私は素直に自分の意見を述べることにした。

「――それが、伯爵領からこっちに来るまでずっとお付き合いをしてきたんだけど、例の件以外は理想的なのよ。断る要素なし。すごくない？」

言動は優しくて常に紳士的。私を立ててくれるし、話も合わせてくれる。スキンシップ過多なきらいはあるが、だからといって無理に迫ってくるわけではないし、私も本気で困ってはいない。むしろ甘え上手な分、ついつい甘やかしたくなるほどだ。これに加え、見目もよいし、育ちもいいし、家柄もはっきりしているときた。

思い返してみたが、やはり文句はない。

オスカーにとっては意外な言葉だったのだろう。しみじみと告げる私の言葉を聞いて目を瞬《しばたた》かせ、手をひらひらと振って見せた。

「惚気《のろけ》にきたのでしたら、お帰りくださいね。こちらで式を挙げる時にはお手伝いして差し上げますよ」

「ありがとう。そうさせていただくわ」

大事な話は概《おおむ》ねできたと思う。式の相談についても、これで問題はないだろう。一応これも、今まで相談に乗ってもらったり助けにきてもらったりしてきた義理立てのつもりである。

さてと。戻ってジャスパーさんと合流しなくちゃ。いつまでも放っておいたら悪いし。

踵《きびす》を返すと、私の背中にオスカーが語りかけてきた。

「ああ、レネレットさん。悪い話が二つ」

「何？　今度はジャスパーさんについての忠告？」

数歩進んだところで立ち止まり、私は顔だけ振り向いた。オスカーは真面目な顔をしている。

「まあ、関連しないとは言い切れませんけど……一つ目はエイドリアンが釈放されました。すでにランバーグ家の屋敷に戻っています。二つ目は、ジェラルドも国内に戻ってきたそうです。あなたが生きていると知って、情報収集中のようですね」

よりにもよって、二人ともか。

私は頭痛を覚えて額《ひたい》に手を当てた。私は二人から結構なダメージとトラウマを食らっている。どっちも厄介な相手には違いない。できるなら関わりたくなかった。

「今のあなたはジャスパーさんの近くにいる都合で護衛付きでしょう？　何かあっても心配ないと思いますが、一応ご報告まで」

私の身を案じてくれているらしいことには、素直に感謝した。護衛がいるとはいえ、情報を持っているかいないかではなんらかの事態が発生した時に対応できる幅が違ってくる。ありがたい話だ。

「うん、ありがと。あんたの情報網はたいしたものね」

「神父という立場は情報を得るのに適しているんですよ。——では、ご武運を」

「変な言い方しないでちょうだ――」

そこで突然、誰かの悲鳴が上がった。ここは閑静《かんせい》な神殿だというのに、男性にしてはやや高い声……ってこの声、ジャスパーさん？

オスカーと瞬時に目配せを交わすと、私は部屋の入り口へと駆け出した。声は神殿の入り口付近からしたようだ。

廊下へ繋《つな》がる扉を開けると煙がもうもうと立ち込め、こちらの部屋の中へと流れ込んでくる。そのせいで視界がとても悪い。ただ、どこにも炎が見えず焦《こ》げ臭《くさ》さも感じないことから、この煙は船の時のような火事が原因ではなく、煙幕によるものだろうと判断できた。

「ジャスパーさん！」

剣戟《けんげき》の音と呻《うめ》き声。視界が不明瞭な中で、戦闘が繰り広げられているらしい。むやみに動くとかえって危ない。

「レネレット、下がって」

一歩踏み出した私を、オスカーはすぐさま腕を引っ張って下がらせてくれた。賢明な判断に感謝だ。

こういう事態に備えて、私も剣術くらいたしなんでおけばよかったわね……

歯がゆさでぎりっと奥歯に力が入る。この世界において、ただの非力な伯爵令嬢にすぎない私は、煙の中を進むのを断念せざるを得ない。

「まずいことになりましたね……」

煙が次第に晴れてきた。剣の交わる音も煙幕が消えていくと共に遠くなる。

私は身の回りの安全よりも状況確認を優先し、思いのほか近くでうずくまっていた護衛に駆け寄った。

「これは何事ですか？」

「入り口でジャスパー氏とあなた様が出てこられるのをお待ちしていたところ、何者かにいきなり煙幕で視界を塞《ふさ》がれ、襲撃されたのです。……ところでジャスパー氏は？」

無事なのかと周囲を見回す護衛が、彼女の姿が見えないことに気づいて焦り始める。

他の護衛たちにも目を向けるが、彼らは総じて首を横に振って否定した。

私も立ち上がり、建物の外まで目を凝《こ》らすが、彼女の姿は確認できない。

「まさか……」

ジャスパーさんが攫《さら》われた……？

すっと血の気が引いていく。私のせいだ。私がこの場所に案内したばかりに。よく知る場所だからと油断していたから。

ふらっとして身体が揺れた。足が踏ん張りきれずに倒れかかったところを、オスカーに支えられる。私を受け止めるしっかりとした腕は安心感があった。

「状況を整理しましょう。外交問題に発展する前に、できることをしないと」

私の頭が回っていないのを見て取って、オスカーは動けそうな護衛たちのそれぞれに指示を出していく。そして最後に私に向き直った。真面目な顔が頼もしく感じられる。

「レネレットさん、この後の予定を教えてください」

ようやく少し落ち着いてきた私は、懸命《けんめい》に記憶を呼び起こす。

「え、えっと。この後二人で食事をして、宿に戻るつもりだったけど」

その返事を聞くや、オスカーは懐《ふところ》から懐中時計を取り出して時刻を確認する。仕草から焦りと苛立《いらだ》ちが感じられた。

「時間があまりないですね。遅くとも夕方にはケリをつけないと」

時計をしまい、状況を再確認するように人や部屋の様子に目を向けている。その動きは神殿の被害状況を見ているだけではなさそうだった。

「オスカー、何を考えてるの？」

「あなたを手伝おうと思いまして。この縁談をぶち壊されたくないのでしょう？」

「ええ、そりゃもちろん」

そのありがたい言葉に、私はつい頷《うなず》いてしまった。

でも、いいの？　私への手助けは結婚絡み以外だって、前に宣言していたのに。

オスカーの本心がわからない。彼はジャスパーが私の伴侶《はんりょ》に相応《ふさわ》しいと判断したのだろうか。この神殿で式を挙げるなら手伝うなどと、前向きに検討するような反応をもらっていたことが、今さら気になってきた。

「じゃあ、僕に任せて」

何か策があるのか、あるいはすでに犯人の目星がついているのだろうか。

こうして私はオスカーを頼ることにしたのだった。

＊＊＊

正直に言おう。私はうっかりしていた。

この手口には覚えがある。

地元住人であるオスカーが情報をまとめ、各方面に指示を飛ばしている間に、ようやく私の頭が動き始めた。どうしてすぐに思い出せなかったのだろう。

「――待って、オスカー。探すなら港だと思うわ」

ついに彼が護衛たちをまとめて捜索部隊まで編成し始めたところで、私ははっきりとした口調で告げた。

私と目配せをしたのちに、オスカーがニッコリと笑った。話を進めろということだろう。その意図を汲《く》み、私は話の主導権を預かることにする。このままオスカーに任せるよりも、ずっと早くジャスパーのもとにたどり着ける自信と確証があった。

と、その前に、やらなきゃいけないことがあるわね。

護衛たちの顔を順番に見つめ、私は深々と頭を下げる。

「この度は私の不注意でジャスパーさんを危険に晒《さら》してしまったこと、先にお詫《わ》びします。その上で、私の話を聞いてほしい。ジャスパーさんを助け出すために」

毅然《きぜん》とした態度で告げれば、その場にいる誰も私を責めようとはしなかった。みんなじっと耳を傾《かたむ》けてくれている。王都に来るまでの間に、彼ら護衛たちともある程度は信頼関係を築《きず》けていたということだろうか。

もし犯人が、私の思っている人物でなかったら時間を無駄にしてしまうけれど、犯人はおそらく――

私は数週間前に自分がある人物に拉致《らち》されたことを明かし、先ほどの手口がそれと同じだったことを説明した。その時に私が連れていかれたのが港。どの船に乗せられた可能性が高いかは、犯人の目星がついていることもあって、私はすらすらと船の特徴を告げた。

話を伝え終わると、みんなさっそく動き出す。訓練された傭兵《ようへい》というだけあり、もたついた感じは全くない。

指示通りに動き出した彼らを見ながら、オスカーが私にだけ聞こえるように囁《ささや》いた。

「――よく覚えていらっしゃるじゃないですか」

「あんな強引な連れ去られ方をすれば、さすがに忘れはしないわよ」

ジェラルドのもとへと誘拐された時、本気で人身売買の一味に襲われたのではないかと疑ったくらいだ。今思い出してみても、怪我ひとつ負わなかったのが奇跡と思えるレベルの荒っぽい方法だった。

「――というわけで、私は港に向かうけれど、あんたはどうするの？」

私が乗り込む馬車を目で追いながら、私は尋ねた。

「僕はここで指揮をする立場なので、彼らの現場への案内はレネレットさんに任せますよ」

一緒についてきてくれることをどこかで期待していた私はちょっと驚いた。おどけて煽《あお》ってみる。

「あら。私の護衛をしてくれるものと思っていたのに」

「それは神父の仕事ではありませんので。僕はあなたに神の御加護があるように祈るだけです」

小さく笑いながらそう答え、オスカーは指を組んで祈るポーズをする。

何か考えがあって別行動したい、ってところかしら。

彼が本気で神父の仕事を全《まっと》うするつもりではないことくらい、前世の記憶が戻ったせいもあってよくわかっている。

まあ、オスカーがいなくてもどうにかなるか。

彼が残るというのだから、無理に連れていこうとは思わない。それにオスカーの力が必要になりそうな場面が特に浮かばなかった。

「そうね。承知したわ」

私は踵《きびす》を返す。ついてくるなら馬車に乗り込むように護衛に指示され、私は素直に乗り込んだ。

追いかけるまでの時間が短かったことで、ジャスパーの発見は早かった。

煙幕をものともせずに食らいついていた数人の護衛の追跡が優秀だったらしい。誘拐犯たちは、追っ手を撒《ま》きながら移動していたために目的地にたどり着くのが遅くなってしまったのだろう。おかげで私たちは先回りに成功したのだ。

「レネレットさん！」

「ジャスパーさん！　今、助けますから！」

私の時とは違い、彼女は袋詰めにはされていなかった。遠目に互いの無事を確認すると、あとは護衛たちと誘拐犯たちとの戦いだ。そして、埠頭《ふとう》での戦いは、周囲にギャラリーができる間もなく決着した。

護衛のみなさん、めちゃくちゃ優秀ですね！

「よかった、無事に再会できて。お怪我はありませんか？」

私は解放されたジャスパーに抱きついた。彼女もまた私を受け止めてぎゅっと抱きしめてくれる。

「ええ。縛られていたので縄の痕《あと》が少しつきましたが、まもなく消えるでしょう。――しかし、これはどういう状況です？」

「あー、たぶん、ジャスパーさんは私をおびき寄せるために利用されたのだと思います」

説明がざっくりすぎて伝わらなかったようだ。警戒を解かず険《けわ》しい表情をしたままのジャスパーに、私はジェラルドとの話を包み隠さず話した。付きまとわれたり、熱烈なアプローチをされた上、最終的には拉致《らち》されて、えらい目に遭《あ》ったのだと教える。

彼女はひと通り話を聞くと、ふむと頷《うなず》いた。

「そんなことがあったのですか。ですが、君はもう私の婚約者です。今回攫《さら》われてしまった私が言うのは恥ずかしいのですが、次からは私が守りますよ」

「はい……ありがとうございます」

そこで私は、はたと違和感に気づいた。

でも、こんなに簡単にジャスパーを奪還できるのなら、最初に襲撃された時点で返り討ちにすることだってできたのではないだろうか。それにジェラルド側も先回りされて不意を突かれたからとはいえ、あっさり退《ひ》きすぎている気がしないか。

ジャスパーさんの護衛が、強すぎただけだよね……？

彼らが混乱からすぐに立ち直れたのは、彼らに素早く指示を出したオスカーのファインプレーだ。

幸運なことが重なって短い時間でことを収められたのだと考えられるが、果たして本当にそれだけだろうか。

もしかして……ジャスパーさんはわざと攫《さら》われたのかしら？　ううん、そんなわけないわよね……

私が彼女の整った顔を凝視《ぎょうし》していると、心配することはないと言いたげに優しく頭を撫《な》でられた。

「こんなことがあった後ですし、今日は予定を変更して宿に戻りましょうか。外での食事はまた次回にしましょう」

「そうですね。そのほうが警備も楽になるでしょうし」

私はジャスパーの提案に頷《うなず》いた。外食では警備がしづらいと判断してのことだったが、それが最善なのかはわからない。

こうなるよう誰かに仕向けられているような、気味の悪さを感じるのだ。

本当ならゴットフリード家の別邸を仮の宿として勧《すす》めたいけど、万が一エイドリアンが訪ねてきたら対応に困るし、ここは素直に退《ひ》いたほうが、最善と言えずとも最良よね。

考えすぎでありますようにと願いながら、私たちは乗ってきた馬車に向かったのだった。


しかし、嫌な予感は当たるものである。

昼食の場所を急に変更したせいか、宿の中は混乱していた。ここの食堂は周辺の食事処《どころ》と比べてもずいぶんと広く従業員も多いが、その分利用客の数も多い。突然食事の手配を依頼したため、場所を整えるのに時間がかかっただけでなく、出すメニューにも困ったらしかった。

ジャスパー自身はもてなしは不要であると告げたのだが、そういうわけにはいかないと店主が張り切ってしまったのだ。

そんな混乱の中、さらに客同士の喧嘩が始まった。そういうわけで私たちは、食堂から部屋に戻ることになったのだった。

「参りましたね」

私がため息まじりに告げれば、ジャスパーは私の頭を優しく撫《な》でてくれた。

「こういう日もありましょう。昼食はお預けになってしまいましたが、幸い夕食までの時間は短いですし、ゆっくり過ごしましょう」

こちらを笑顔で励《はげ》ます彼女は、私を本物の恋人のように扱ってくれる。大事にしてくれるのが嬉しい。

ほんと、彼女はいい人ね。

いきなり襲撃されて拉致《らち》された直後だというのにとても落ち着いている。私のせいで巻き込まれたにもかかわらず、私への態度もこれまでと変わらない。何かあると、動揺して落ち込んだり、イライラしたりしてしまう私とは違う。その姿勢を見習いたいと思った。

「ところで、今日はお父様と別行動で本当によろしかったのですか？」

彼女の父親、ランスロット氏は現在王都内を視察している。重大な懇談会《こんだんかい》は明日らしいので、今日は視察先で歓待を受けているはずだ。あるいは、シズトリィ王国の主力産業などについて説明されているところだろう。

ジャスパーの目的がランスロット氏の仕事を学ぶことなら、同席しておく必要があったのではなかろうか。

素朴《そぼく》な疑問に、ジャスパーは寂《さび》しそうな顔をした。

「父が私の同伴を嫌がったのですから、これでいいんです。最近は昔のように同席させてくれないことも実は多くて。家督を継がせる気がなくなってしまったのかな」

終わりはぼそっと呟《つぶや》くように言うと、私に微笑みかける。

「貴重な自由時間をレネレットさんと一緒に過ごせて、私は楽しかったですよ」

意外な言葉に、私は驚いた。確かに今はこうして穏やかに過ごせているものの、今日は散々なことばかりだったはずだ。ジャスパーは攫《さら》われた挙句、昼食も抜きになっており、同様の目に遭《あ》っている私としては全く楽しめていない。こんな経験を、普通こうまで前向きに捉《とら》えられるだろうか。

「楽しかった、ですか？　……トラブルが続いたのに？」

「ええ。一時はどうなるかと思いましたが、今はこうしてあなたと向かい合えているでしょう？」

こういう人をおおらかな人と表現するのかもしれない。

国を動かそうと思うなら、このくらい寛容であるべきなのかしら。

私にはわからない。

「そうですか……」

現状は確かに丸く収まったが、それでよかったとは、やはり私には思えない。

同意できずに小さく唸《うな》ると、ジャスパーは苦笑を浮かべた。

「考えすぎですよ。私は君が助けに駆けつけてくれて嬉しかった。令嬢が現場に出てくるなんて、勇敢なことだと思いますよ」

「評価してくださりありがとうございます。でも、私がその場に駆けつけたのは、それが事態の解決のために一番いいと思っただけなので……」

合理的だと思えたからそうしただけ。誰よりも早くジャスパーの安否《あんぴ》を確認したかったからというような、情熱的な理由ではない。

感動してもらったのに申し訳ないが、私は正直に告げる。

ところがジャスパーは首を横に振って否定した。

「君にも身の危険があったにもかかわらず行動を起こしてくださったことが素晴らしいのですよ。誰もが簡単にできることではありません。私は君のそういうところが好きです」

純粋にそう感じてくれているらしいことが伝わってきて、私はこそばゆくなった。そこまで褒《ほ》められるような行動ではなかったと思うのだけど。

「あ、ありがとう」

せっかくの気持ちを余計な言葉で汚したくなかったので、素直に感謝を返す。彼女の思いは受け止めておこう。

「レネレットさん。私は君と出会えてよかったと心の底から神に感謝しています。あなたと結婚したいとますます思うようになりました」

私の手を掴《つか》んで自分の両手で包み込む。とても嬉しそうだ。

この人となら、うまくやれるのかな……。

でも、幸せになれるとまではまだ確信できない。彼女は女性で、これは偽《いつわ》りの結婚だ。独り身のまま人生を終えることに比べれば、きっと今までとは違った生き方になると思うけれど、おそらく夫婦ごっこになるのだろう。

ジャスパーさんはいい人だ。彼女の手伝いができるのであれば、ずっと続けていきたい。

私は曖昧《あいまい》に頷《うなず》いた。

「……そうですね。そうなればいいと私も思っています」

その後の話は互いの幼少期のことにまで発展して、私たちは護衛が呼びに来るまで仲良く話し込んだのだった。


つつがなく夕食を終え、私は部屋に戻っていた。今夜もジャスパーと一緒の部屋だ。

だが、これまでと違う点が一つある。

今夜はベッドを広く使える！

同室ではあるが、この部屋にはベッドが二つある。キャンセルが出たおかげで部屋が余ったそうで、私たちは急遽《きゅうきょ》二人部屋に案内されたのだった。

一足早く部屋に入った私は、なにげなく自分が使う予定のベッドを見て異変に気づいた。

あれ？

一通の封書が、ぱっと見ではわかりにくい場所に置かれている。それとなく近づいて宛名を見やれば、私の名前が書かれていた。

この文字はオスカーかしら？

几帳面そうな文字には見覚えがある。以前手紙や書類でやりとりをした時のオスカーの筆跡に似ているような気がした。

何かあったのかしら……

私はジャスパーに気づかれる前に封筒を手に取った。

「どうかしました？」

私の行動に違和感を覚えたのだろう、後から部屋に入ってきたジャスパーが尋ねてきた。

「ううん、なんでもないです。ベッドにできた影が虫に見えたので、つい」

とっさに嘘をつき、袖にそっと手紙を隠す。なんとなく、ジャスパーには知られてはならないような気がした。

「あ、ジャスパーさん。私、お手洗いに行ってきますね」

私は寝間着に着替え始めたジャスパーの背後を通り、彼女の返事を待たずにお手洗いに向かう。そしてそこで手紙を開いたのだった。

＊＊＊

深夜。ジャスパーがぐっすり眠っているのを確認し、そっと部屋を出る。部屋の前にいた護衛には適当な説明をして、私は人目を気にしつつ目的の場所へ向かった。

ある部屋のドアを軽くノックすると、内側から鍵が開いた音がした。わずかな隙間から声がかけられる。

「どうぞ」

背後を気にしながら私は部屋に入った。室内は薄暗い。

「レネレットさん、よく抜けてこられましたね」

部屋の奥まで来てようやく前を振り向いた私に、部屋着姿のオスカーが尋ねた。こっそりやってくる以上、今日も変装姿で現れるんじゃないかと少し楽しみにしていたのだが、眼鏡はいつものものだし、単にくつろいだ格好にしか見えない。ちょっと残念。

手紙に記《しる》されていたこの場所は、私たちが泊まっている宿の同じフロアにある一人部屋だった。

「それはこっちのセリフよ。よくこんないい部屋が取れたわね」

この部屋は私たちが泊まっている部屋から一番遠い。

警備がしやすそうな見通しのいい位置だから、もともとジャスパーが泊まる予定の部屋だったと言われても不思議ではない。

「あなた方が急遽《きゅうきょ》部屋を変えたおかげで一室空きが出ましてね」

多少の経費はかかりましたが、と聞いてなるほどと思う。

「――で、話って？」

手紙には一人でこの部屋に来るようにと記《しる》されていた。こういう呼び出しは何か秘密の話がある場合と相場が決まっている。

私が促《うなが》すと、オスカーが苦笑した。

「話があるのは事実なのですが、こんな夜分に異性と二人きりの呼び出しという状況について、少しは警戒したらいかがですかね？」

指摘されて、私は目を瞬《しばたた》かせる。

あ、そうか。オスカーは男性だったわね。

「正直、あなたの行動は迂闊《うかつ》だと思いますよ。エイドリアン・ランバーグの件にしても、ジェラルド・ヴァーノンの件にしても、今回のジャスパー・バーンスタインの件にしても。ご自身の身をなんだと思っていらっしゃることか」

「べ、別に、警戒心が薄いわけじゃないわよ。そもそも親しい人とじゃなきゃ、二人っきりになったりしないもの」

どんな相手にもホイホイくっついていくような真似はしていないつもりだ。……ある程度仲良くなったところで油断して、厄介事に巻き込まれてしまっているだけで。

私が頬を膨《ふく》らますと、オスカーはやれやれといった様子で頭を左右に振った。

「いいですか、レネレットさん。ここで僕があなたを押し倒せば、ほぼ確実にジャスパーさんとの婚約はなかったことになります。彼女の母国は女性に貞淑《ていしゅく》さを求める国ですので、僕がそれを利用すれば婚約解消が可能となるわけです」

ジャスパーとの仲は応援してくれているのかと思っていたが、どうやら思い違いだったようだ。

それはそれとしても、オスカーはそんな強硬手段を選びそうにないのよね。

彼が私を無理やり襲うメリットは、特にないように思える。私は小首をかしげた。

「でも、オスカーはそうしないでしょ？」

「僕を信用してくれること自体は嬉しいですが、そういう甘い考えが、男側からすれば利用しやすいんですよ。もう少し学んでください」

はあ、と盛大なため息をつかれてしまった。

なんか、腹が立つんですけど！

「じゃあ何？　私が誰かに利用されているっていうの？」

「ええ、その通りです。あなたはジャスパーに利用されています」

オスカーは真面目な顔で肯定《こうてい》した。さっきまでの軽いノリとは違う。彼の緑の目を見て、背筋がぞくりとした。

彼はいったい、どんな情報を掴《つか》んだの？

ジャスパーとの契約は私に幸福をもたらすものではないのか。急に不安になって、私は言葉を続ける。

「でも、契約結婚については私と彼女との間で互いに了承していることよ。それぞれに利点があるからそう決めたの。外野がとやかく言うことじゃないんじゃない？」

「彼女が結婚を持ちかけてきたのは建前です。あなたを油断させるための方便。ジャスパーさんの用意したシナリオでは、あなたの信用を得ることが最も重要なのですから」

「……どういうこと？」

わざともったいぶったような言い方に引っかかりを覚える。

私に何かをさせたいがために、ジャスパーが契約結婚を持ちかけている？

目的がわからない。私は彼女からのお願いなど、何も聞いていないのだ。

「ジャスパーさんはあなたを利用し、実父のランスロット氏を亡き者にするつもりです」

「えっ、殺害!? ……待って。だとしてもどうしたらそれができるの? まさか私に暗殺をさせるつもりってこと?」

オスカーはとんでもないことをさらりと告げたが、謎は増すばかりだ。

なぜ実の親を手にかける必要があるのか。

それに私がどうやってランスロット氏を亡き者にできよう。非力な伯爵令嬢が、護衛たちの警備をかいくぐって動くには無理がある。彼らの強さは彼女が攫《さら》われた時に目《ま》の当たりにしたばかりだ。

その上で、武器を使って襲うのはお話にならないし、毒を盛るにしても食事中は使用人の監視の目がある。どちらにせよ容易ではない。

しかしオスカーは、私の問いを肯定《こうてい》した。

「そうなりますね。間接的ではありますが」

「間接的?」

私が繰り返すと、オスカーは頷《うなず》いた。

「ええ。――詳しい理由はわかりかねますが、ジャスパーさんはすぐに家督を継ぎたいと考えているようです。ですが隣国では、シズトリィ王国と異なり、家督を継ぐためには現当主が亡くなっている必要があります。そこで暗殺を企《くわだ》てた」

「その計画に私が組み込まれてるってこと？　たとえ頼まれても、私、そんなことしないわ。そもそもできないもの」

ジャスパーと将来を誓い合ったとしても、邪魔だから消してほしい人がいると言われて実行できるほど彼女に対して盲目的になっているわけではない。

「そうですね。だからレネレットさんは、彼女の婚約者としてそばにいればそれでいい」

「んん？」

まだ話が見えてこない。ジャスパーからそういう計画について示唆《しさ》されたことはないように思う。協力してほしいと依頼されたのは王都での案内くらいのもので、それもあえて言うならば、愛し合っている婚約者として振る舞うように頼まれた程度のはずだ。

オスカーは困惑する私に説明を続けた。

「ジャスパーさんは、あなたを交渉の材料にしたのでしょう。エイドリアンを利用するために」

突然出てきた幼馴染《おさななじみ》の名前に、私は目を見開いた。

「エイドリアンを？　――ああ、彼なら暗殺は……」

エイドリアンは騎士として優秀だった。今まで聞いてきた彼の活躍を思えば、こういう荒っぽい仕事も向いているのではなかろうか。勲章まで賜《たまわ》るような実力者なのだ。確実にランスロット氏を亡き者にするための人選としては悪くない。

納得している私に、オスカーは言葉を続ける。

「これは僕の推測ですが……、ランスロット氏の暗殺に成功した場合、謝礼金だけでなく、レネレットさんと自分との婚約を解消し、エイドリアンとの仲を取り持つと持ちかけたのではないかと」

「私が報酬として関わってるってこと？　エイドリアンがそこまで私にこだわっているとは思えないんだけど」

エイドリアンとしては、自分が捕まるきっかけになった私の婚約事情になんて興味がないのではないだろうか。そう考えて指摘すると、オスカーは残念なものを見るような顔をした。

え？　だって、エイドリアンは私にあんなひどいことをした人なのよ？

「――エイドリアンがお金でジャスパーさんに雇われたというのは事実のようです。出所したばかりなので屋敷で自主謹慎《きんしん》しているかと思えば、険《けわ》しい顔で街をうろうろしている彼の目撃情報を多数聞いていますので、二人が接触する機会は多くあったことでしょう」

オスカーは私の指摘には特に何も言わず、状況証拠を挙げた。エイドリアンがジャスパーから実際はどんな条件を持ち出されたのかはわからずとも、その行動の不審さは明らかである。

「そう……」

彼とはもう関わり合いになりたくなかっただけに、これからエイドリアンと対峙《たいじ》するかもしれないと考えると、私は気が重かった。

そこでふと、私はもう一人の厄介な存在を思い出した。

「ところで、ジェラルドはどうしてるの？　ジャスパーさんの誘拐事件の顛末《てんまつ》、結局うやむやなままなんだけど」

すでに起こってしまった事件であるが、ジェラルドの動きも気にかかる。あれは何が狙いだったのだろうか。

「昼間の事件ですか？　あれは、ジェラルドの暴走ということでいいと思いますよ。新たにあなたの婚約者に収まりそうなジャスパーに嫉妬した結果でしょう」

「ずいぶんとざっくりな意見ね……」

エイドリアンについてはなかなか詳細に意見を述べていたと思うのに、差がありすぎではなかろうか。

私が呆れ口調で言えば、オスカーは苦笑する。

「一応、調べてはみたんですが、どう考えてもそれくらいしか理由が……」

そう説明したあとに、オスカーは何かを思い出したらしく言葉を続けた。

「ああ、僕の神殿で襲われた時、実はジャスパーさんたちには彼らを返り討ちにできる実力があったというお話はしましたっけ？　すぐに反撃しなかった理由は、襲撃者の様子を窺《うかが》っていたかららしいですけどね」

その言葉に、私は驚いた。やはり彼も、あの事件での護衛たちの動きに違和感を覚えていたらしい。

「様子を？　っていうか、この短時間によく調べているのね」

いろいろありすぎて時間の感覚がおかしくなっているが、よくよく考えると今日の昼の話だ。オスカーの情報収集能力は優れている。

「神殿に残った護衛から聞き出したんですよ。危害を加える感じがしなかったこと、大して脅威に思えなかったことから、今は泳がすようにとジャスパーさん自身が指示したのだと」

そ、そんなに余裕だったのね……。

私たちが港で追いついた時、護衛側がジャスパーをあっさり助けてしまったことに違和感を抱《いだ》いていたが、初めから相手を泳がせていたのなら、それも納得だ。護衛たちは本当に強かった。怪我人こそ出ても、死者は出ていないのだから。

「ジャスパーさんには狙われる心当たりでもあったのかしら？」

「どうでしょうね。ただ、彼女の母国にいた時もこういう指示はしばしばあったとのことなので、犯人に心当たりがあるわけではなく、単に襲撃に慣れていらっしゃるのでしょう」

「そ、そうなんだ……」

慣れてしまうほど襲われているのだとしたら、近くにいる私も危なくないですかね？

不穏な事実をさらりと出されると、どういうリアクションをしたらいいのかちょっと困る。

「総合的に見て、ランスロット氏の殺害に成功したジャスパーさんがあなたの処遇をどう考えているのか、僕には図りかねます。そもそも本当に結婚する気があるのか、怪しいものですよ」

オスカーの意見に、私はふむと唸《うな》った。

なるほど、そういう考え方もあるのね……

とはいえ、まだ事実と決まったわけではないんだけど。証拠はオスカーの証言だけだ。

それが私の婚約を邪魔するための罠《わな》ではないとは言い切れない。

思案していると、オスカーが口を開いた。

「今はまだ婚約前ですから、あなたが彼女から逃げたいとおっしゃるのであれば手伝いますよ」

逃げる、か。

やはり結婚する気はなくなったなどと言って、個人的に彼女と距離を取ることは可能だ。だが、王都の案内を仕事として請《う》け負っている現状では、その選択は賢明とは言えない。私は首を横に振る。

「そうもいかないわ。たとえこの話があんたの妄想話だったとしても、彼女が不審な動きをしていると聞かされたら黙っていられないし、外交中にシズトリィ王国内で事件を起こされるわけにはいかないでしょ？　万が一にも実行させないためには私は監視として彼女から離れるわけにはいかないし、場合によっては利用されている風を装《よそお》って裏をかく必要があるわ。それまでは踊らされなくちゃ」

オスカーの言葉を信じるなら、エイドリアンはすでに行動を起こしている。私一人が逃げたところで、ランスロット氏の命は危ういままだ。

この件を外交問題に発展させないためには、事件が起きる前にエイドリアンの身を拘束するのはもちろんのこと、ジャスパーの計画を秘密裏に阻止《そし》する必要があるだろう。対策を立てるためには、いま手元にある情報だけではまだ足りない。

どうしたものかと悩んでいると、オスカーがため息をついた。

「あなたが真面目に取り合う必要はないと思いますよ。そりゃあ隣国との関係は険悪になる可能性もありますが」

「それはそうだけど、私、知っていて逃げるのって好きじゃないのよ。関わってしまった以上、最後までなんとかしたいじゃない。私の性格、わかってるでしょ？」

当事者になることから逃げたくなかった。その上で最後まで関わりたいとも願ってしまったのだから、後戻りはできない。

私が同意を促《うなが》せば、オスカーはあからさまに嫌そうな顔をした。

「嫌というほど知っているつもりでしたが、あなたは転生のたびにたくましくなっていきますね」

「ありがとう」

「褒《ほ》めていないです」

少しは私を認めてくれたのかと思いきや、嫌味だったらしい。別に褒《ほ》めてくれなくても構わないけど。

「――で、何かアイデアがあるんですか？」

今すぐ婚約解消するという案については諦めてくれたようだ。オスカーは呆れ顔で尋ねてくる。

「そうね……」

私はジャスパーの今後の予定をオスカーに告げ、どこでなら彼女が計画を実行に移せそうかを洗い出す。ジャスパーの狙いがオスカーの推測通りであるならば、場所や時間をいくつかに絞り込めるはずだ。

それに、ここは私にとって馴染《なじ》み深い王都だ。地の利はこちらにあるのだから活《い》かさない手はない。

ジャスパーさん。悪いけど、その計画が本当なら、阻止《そし》させていただきますね。

そうして私はオスカーと作戦を練り、部屋に戻ったのだった。

＊　＊　＊

どうやらバーンスタイン家には複雑な事情があるらしい。

王都滞在三日目の夕食後、私はジャスパーの父であるランスロット氏に呼び出されていた。使用人も同席せず、正真正銘部屋に二人きり。正直なところ、空気が重い。

「あの……お話とは？」

ランスロット氏と向き合い、私は慎重に言葉を発した。さすがは宰相を務めるほどの人物だ。有無《うむ》を言わせない雰囲気が威厳を感じさせる。

これまでランスロット氏に会う時は必ずジャスパーが一緒にいた。彼女が間に立ってくれていたおかげで、氏の存在を強く意識することがなかったから、余計に緊張する。

重々しい空気を保ったまま、ランスロット氏は口を開いた。

「息子のジャスパーのことなんだが、あいつとの結婚は諦めてくれないか？」

「……それは、婚約もなかったことに、ということでしょうか」

確認のために触れると、ランスロット氏は首肯《しゅこう》した。

まさか、ここでその話をされるとは。

ランスロット氏はゴットフリード領の屋敷を出る時に、前向きに検討したいと言ってジャスパーと一緒に私の両親を説得していたはず。それを覆《くつがえ》すということは、何か事情が変わったのだろう。

ここ数日の様子を考えて、私が粗相《そそう》をして彼らの機嫌を損ねてしまったということではないと思う。私が原因ではないのであれば、思い当たるのはもう一つの理由だ。

――ランスロット氏がジャスパーさんの企《たくら》みに気づいたのではないか。

私は気を引き締めて、ランスロット氏の言葉を待つ。

「君が優秀な女性であることはよくわかった。だが、後継のことを考えると、同国の娘を選ぶのが一番だと思い直してな。君には悪いのだが、この話はなかったことにしてほしい」

なるほど。私がここで身を引けば、ジャスパーは計画の変更を余儀なくされ、動きにくくなる。場合によっては、ジャスパーの企《くわだ》てが公《おおやけ》になり、罪に問うこともできるだろう。ランスロット氏としてもジャスパーの性別については隠し通したいだろうから、この機会を逆に利用するつもりなのかもしれない。

ただ、ランスロット氏は、すでにエイドリアンが動き出していることを知らない。万が一を防ぐためには、ここで彼の言葉を呑むわけにはいかなかった。

「……ですが、私たちはこの数日共に行動し、愛を育《はぐく》んできました。互いを認め合い、結婚し、家庭を持つ夢を描《えが》き始めたところなのです。それを、ジャスパーさんのいないところで勝手になかったことにしてくれとおっしゃるのは、道理が通らないと思います」

私は予《あらかじ》め用意していたセリフで演技する。ここでなんとか彼を説得する必要があった。

ジャスパーと私が互いを認め合っているのは多分間違いない。私は彼女を優秀な女性だと思っているし、きっとその通り、彼女は死ぬまで自分の性別を隠し通せるだろう。ジャスパーも少なくとも、私の能力は認めてくれているはず。そうでなければ彼女の計画は成立しない。

静かに怒る演技をすれば、ランスロット氏はふむと唸《うな》った。

「君はジャスパーの生来の秘密を知ってなお、そう言えるのか……」

これはジャスパーの犯罪計画について言及しているわけではあるまい。性別のことを知っているのかと聞いているのだろう。

私は真面目な顔を作ってゆっくり頷《うなず》いた。

「はい。あの方と添い遂げられるなら、その秘密は墓まで持っていく所存です」

まっすぐにランスロット氏の目を見つめる。互いに視線をぶつけ合って、彼は大きく息を吐き出した。

「そうか……。あいつなりにいろいろと考えがあるのだろうが、教育方針を変えてからはやんちゃが過ぎるようになってな。君を巻き込んで何かしでかすつもりかもしれないと思って呼び出したのだが、そういうことなら何も言うまい。別の席で、ジャスパーも交《まじ》えて話をすることにしよう」

今夜はもう戻っていいと言うので、私は一礼をして部屋を出た。

きっと、ジャスパーも動き出す頃だ。明日には何かが起こるかもしれない。

私は覚悟を決めて、明日がくるのを待つことにした。

＊　＊　＊

天気は快晴。今日は午前中にシズトリィ王国の役人との会合があり、ジャスパーとランスロット氏は二人きりで行動している。昼食は王宮内の食堂で行われたそうだが、そこに私は同席できなかった。

まあ、伯爵令嬢は貴族ではあるけど、政治家ではないものね。

午後は視察を兼ねた自由行動の時間。私はその時に彼らと合流することになっている。

それまでは宿屋で待機だ。

オスカーの読みが正しければ、彼らの作戦決行は私が合流する時間よね。この宿屋の前に馬車が停《と》まるから、そこを狙うのが簡単かつ確実だと思うし。

警備のことを考えると、そこに隙がありそうに感じられた。

大通りから馬車を狙撃する方法は確実性が薄い。馬車に斬りかかるのもナンセンスだろう。

また、宿屋に潜入して寝込みを襲うにしても、誰かに犯人を目撃してもらったほうが都合がいいジャスパーにとっては悪手《あくしゅ》。それにこの方法を取るなら、今までの間にとっくに実行しているんじゃないかと思う。

そうやって検討した結果、ある程度の人目が見込めて、他に被害も出すことなくターゲットを狙えそうなタイミングは、スケジュール的にもそこしかない。

何事もなければそれでよし。明日には王都を出立《しゅったつ》するから、今日さえ乗り切ってしまえば安心よね。

そろそろ時間である。ロビーにはオスカーも待機していることだろう。彼はエイドリアンに顔を覚えられているし、ジャスパーとも面識があるので、今日も変装していると思われる。

仕事のある日中に神殿を抜けて街中を歩いていていいのかと気になったが、神父という職業はミサのある日曜日以外は結構気軽に出歩けるものらしい。

ドアがノックされる。顔見知りの護衛に声をかけられ、私は支度を始めた。

その後私はエントランスへ案内された。この場所の警備はもちろん厳戒態勢。先日ジャスパーが攫《さら》われた事件を受けて新たに護衛を雇い、王都に着いた時よりも人手を増やしている。

エイドリアンは警備員になりすましている可能性もあるわね。

この近くにいるかもしれないと警戒した私は、不自然にならないように周りを確認してみたが、ジャスパーが引き連れていた護衛たちばかりに会うので、彼らへの挨拶回りをしているみたいになってしまった。

今日のランスロット氏の警備は、彼専属の護衛が担当中ってことか。

ここに残されたメンバーを見ながらそんなことを思う。私としても、自分を見知った人に警備してもらうほうが安心するので、この割り振りはありがたい。

数分後。

オスカーの姿が見えない気がするけど……まあいっか。

ジャスパーたちを乗せた馬車が玄関前へと入ってきた。馬車の周囲は護衛たちがしっかりと固めている。ここを襲撃するのは容易ではなさそうだが、敵はどう出るつもりだろう。

馬車が停車し、従者が扉を開ける。その横に男性従業員が案内に立つと、馬車の中から人が降りてきた。

最初に顔を見せたのはジャスパーだ。クラヴァットをきつめに締めた正装で、とても麗《うるわ》しい。迎えに出ていた女性従業員がはっと息を呑むのがわかる。最近お決まりのパターンだ。

私と目が合うと、彼女はニッコリと優しい笑顔をくれた。

「待たせたね、レネレットさん」

ジャスパーは馬車の近くで出迎えた私に声をかける。これもいつも通りだ。

「おかえりなさいませ、ジャスパーさん。予定通りの時間ですね」

「あまり君を一人にしておくのはよくないからね」

私の肩を抱いて、ロビーに向かって歩き出す。

んん？　今日はいつも以上にイチャイチャアピールをするのね……

女性従業員の落胆の声が聞こえた気がする。演技とはいえ、なんか申し訳ない。

私とジャスパーが馬車から充分に離れたタイミングで、ランスロット氏も馬車から降りてきた。肩越しに見た彼からは少々疲れが感じられる。外交って大変なんだなあなんて思っていたその時、状況が一変した。

一陣《いちじん》の風が吹き抜ける。正確には、それは一人の青年だった。護衛の背後から飛び出してきた彼は、鞘《さや》から短剣を引き抜くと、馬車から降りたばかりのランスロット氏へと一直線に向かっていく。

鼻と口元を布で覆《おお》って隠しているが、癖《くせ》が強いくすんだ金髪には見覚えがあった。

エイドリアン！

私は慌ててジャスパーの手を払い、踵《きびす》を返す。

「逃げて！」

声が出た。短くともはっきりと叫ぶことができたのは、シミュレーションをしてきたおかげだろう。

警備員や護衛たちが一斉に動き出す。だが、エイドリアンは止まらない。私も二人の間に飛び込む勢いで地面を蹴ったが、間に合わないだろう。

全てがスローモーションに見える。時間が長く感じられる。

誰かの舌打ちが聞こえた気がした。

ランスロット氏の近くにいるのは彼の従者と宿の男性従業員の二人。馬車の扉を開けた従者は腰を抜かしてひっくり返っている。一方の男性従業員はエイドリアンに対して背を向けたままだ。死角からの突進に、どれだけの反応ができるだろう。

もうダメだ、助けられない。

そう思った瞬間男性従業員はランスロット氏を両手で突き飛ばした。そして振り向いてランスロット氏とエイドリアンの間に身体を割り込ませて邪魔をする。

一瞬、彼らの目が合った。

エイドリアンは地面をしっかりと踏み切って、短剣を持った腕を伸ばす。

自らの身体を盾《たて》とした男性従業員は、その身にエイドリアンの持つ短剣を脇腹に受けた。剣先がぐっと差し込まれる。その途端、男性従業員の口元が、場にそぐわない様子で笑みを作った。

「君の本当の目的は、レネレットなのでしょう？」

「……ふざけた奴だ」

掠《かす》れた声が紡いだ言葉で、私は彼の正体に気づいてしまった。頭をガツンと殴られたかのような衝撃が私を襲う。

嘘……でしょ？　オスカー！

真っ赤な血が、地面を濡らしていた。

想定外のことはいつだって起こりうるものである。

しかし私は、今何が起きているのかを理解したくなかった。

「い、いやぁぁぁぁっ！」

通りに響き渡る悲鳴が自分のものだと理解したのは、少し経《た》ってからだ。

地面に広がり始めた赤い血は、ジャスパーの計画通りであればランスロット氏のものになるはずだった。あるいは、その計画を阻止《そし》されて倒されたエイドリアンのものだったかもしれない。

だが、実際はそのどちらでもなかった。

私の前では雇われた殺し屋――エイドリアンが護衛たちに取り押さえられている。抵抗していたが、この人数では敵《かな》わないと判断したのだろう。すぐにおとなしくなり、連行されていく。

怪我をすることなくことに成り行きを眺めていたジャスパーと、オスカーに突き飛ばされて無事だったランスロット氏は護衛によって下がらされた。

私の周囲から人がいなくなる。事態が事態であるだけに大騒ぎになっているはずだが、私の耳には入ってこない。

私は大粒の涙を流しながら、血の海に沈むオスカーを抱きかかえた。彼の頭を膝にのせる。顔色が白っぽくなっている気がした。

「なんで……なんで？　全部予想していた通りだったのに……」

「これが一番手っ取り早かったのです……エイドリアンは、あなたにも危害を加えるつもりでいたから」

「いい、もう、喋《しゃべ》らないで」

血が止まらない。彼の脇腹にはナイフがしっかり柄《え》のところまで刺さっている。致命傷だ。

止血をしたいが、この場合はどうするのがいいのだろう。前世の知識を浚《さら》ってみても、この状況が死に向かっているという事実しかわからず、助ける方法が全く思い出せない。下手にナイフを抜いてはいけないことくらいしか判断できなかった。

「レネレットさん……僕のために泣かないで」

差し伸ばされた手は血まみれで。でも私は躊躇《ちゅうちょ》なく握った。温かなその液体に生命が流出している気配を感じ取る。

「泣くわよ、オスカー。死なないで。私を置いて死んだらダメなんだから」

いつだって私の方が先に死ぬ。だから、彼の死を目《ま》の当たりにする機会が一度もなかったことに今さら気づいた。

オスカーは力なく笑う。

「こんなに想ってもらえて……僕は幸せです。君のそばで、こんな風に死ねるなら、悪く……ない……」

彼の手の力がふっと抜けた。

「オスカーぁぁぁぁっ！」

やがて来た医者の指示のもと、護衛の人たちが力を合わせて、オスカーの身体を運んでいく。泣きじゃくる私も彼らに抱きかかえられるようにしてその場を離れたのだった。

第6章　結末と後始末と

夢を見た。

前世の時代から何度も見てきた夢だ。

雨が去った祠《ほこら》の前で泣いていた私は、ふと何かの気配を察して空を見上げた。天から舞い降りてくる人の形をしたものに、私は目を見張る。

『おや、こんなに可愛らしいおなごをこんな寂《さび》れた場所に放置するとは』

とても美しい、しかし妖しい気配をまとう人の形をした何かは語りかけてきた。

『こちらにいらっしゃい。あなたさえよければ、僕の伴侶《はんりょ》にならないかい？　そうすれば、あなたを苦しみから解放できる』

それはそう告げて、私に手を伸ばした。

どうせここで息絶える命だ。異形《いぎょう》のモノにくれてやっても、今さらどうということはない。苦しみから解放するなどとのたまって、私を食うつもりだろうが、それでもいい。

そう思い、私は手を伸ばした――

＊＊＊

王都にあるゴットフリード家の屋敷。その自室で私は寝込んでいた。

ベッドで横になっていてもたくさんの情報が私のもとに届けられたが、目の前で致命傷を負ったオスカーについての情報は一つもなかった。その意味するところを察してしまうと、自分からは怖くて聞けない。

「……巻き込んでしまった」

オスカーが勝手にしたことだと、割り切ることはできなかった。自分の半身を失ってしまったような感覚が、私をいつもの私ではいられなくする。

「オスカー……」

涸《か》れたと思っていた涙がまた溢《あふ》れ出してしまった。どうしてこんなに泣けるのだろう。

一夜が明け、ジャスパーとランスロット氏の二人についての知らせが入った。二人ともこの事件に関与しておらず、巻き込まれた被害者であるという態度を示しているらしい。襲撃犯の残党がいて再び襲われる可能性があるからと、ジャスパーたちへの事情聴取は彼らが母国に着いてからお互いの外交官を通して改めてという話になり、ほぼ予定通りに王都を出たそうだ。

あのまま一度も顔を合わせず別れた私へは、婚約はなかったことにしたいと書かれた手紙と、お金が送られてきた。名目上は、これまでの案内への謝礼とのことだったが、それにしては法外な金額だ。別れてもジャスパーの秘密を口外しないようにということだろう。明かしたところで私にメリットはほとんどないのだから、彼女の秘密は墓場まで持っていくつもりだ。

しかし、ジャスパーから一緒に国へ来ないかと誘われなかったことはそれなりにショックだった。誘われたところで断るつもりではいたけれど。

彼女がこの事件の主犯でないのなら、友人の死を嘆《なげ》く私を婚約者として慰《なぐさ》めてくれるのが普通ではないだろうか。そうしなかったということは彼女の思惑はきっとオスカーの想像通りだったということだ。私は人を見る目がないということがよくわかった。

エイドリアンは再び牢に入れられた。おそらく当分出てこられないだろう。釈放に必要なお金ももうないはずだ。最初の事件では規模が小さいと判断されて酌量の余地《よち》ありとされたランバーグ家も、こうしていよいよ終わることになる。

「レネレットさま。今日はいいお天気ですし、散歩はいかがですか?」

「行かない」

リズの呼びかけに、私は首を振って拒否する。

ジャスパーとの同行中に何かあっても困らないようにと、リズをはじめとした使用人の何人かは王都の屋敷に戻って待機していた。まさかこんな形で活躍の場ができるとは彼らも想定していなかっただろう。とはいえ、両親の気遣いに感謝する。

「ですが、ずっと泣いていても何もいいことはありません。気を紛《まぎ》らわしたほうがよろしいでしょう！」

リズが強引に私の腕を引っ張った。ベッドから転げ落ちるが、彼女は気にしてくれない。主人に対して堂々と意見できる彼女であるが、こんな実力行使で対峙《たいじ》してくるのは珍しい。それほど私が落ち込んで見えるということだろうか。

だが、気を紛《まぎ》らわすにしても、こんなに泣き腫《は》らした顔で外には出たくない。これでも美人だと評判の伯爵令嬢なのだ。その矜持《きょうじ》まで捨てたくはない。

「ま、待って。こんな顔がぐしゃぐしゃの状態で外なんて行きたくないわよ！」

「帽子とマスクで隠せます。ほら、行きますよ」

私の言い訳なんて、リズには予想済みだったようだ。ほいほいと帽子とマスクを装着され、他の理由を考えている間に支度が整ってしまった。リズは実に優秀な使用人だ。

まったく、なんなのよ……。

ため息をつきながら、私は渋々従った。

リズに連れられて訪れたのは病院だった。王都で一番大きな病院だ。川に隣接する立地、王宮の次に高い建造物であるそこは、最新設備が整った有名な施設である。

「な、なんでこんなところに？」

「いいからいいから！」

せっつかれて、私は階段を上り病棟に向かう。帽子にマスクというスタイルなので、これから入院する患者なのではないかという視線を周囲から感じた。

いや、私は健康ですけど。

大部屋が並ぶフロアを抜けて、やがてたどり着いたのは個室だった。

なんで個室？　入院が必要なくらい弱って見えたのかしら、私。

見舞いに訪ねるような相手が思い浮かばなくて、自分が入院させられるのではないかと考え始める。詳細を聞こうとリズを見ると、彼女はニンマリしていた。そしてノックもせずに目の前のドアを開け放つ。

「さあ、行ってください！」

「はい？」

戸惑う私を、リズは遠慮なく突き飛ばす。つんのめった私の身体は室内に押し込められ、勢いよくドアが閉められた。なお、リズはご丁寧にも廊下でドアを押さえている。

「え、ちょっと？　リズ？　ここ、誰の部屋なの？」

ドンドンとドアを叩くが返事はない。どういうことなのか、さっぱり想像できない。

「リズ、ねえってば！」

「……レネレットさん？」

小声ながらも聞き取りやすい声。

私はドアを叩くのをやめる。でも、すぐに振り向けなかった。

幻聴かと思った。だって、それは、もうこの世界にはいないと思っていたはずの人の声だったから。

胸が高鳴る。期待して、でも、すぐに否定する。違ったら、もう立ち直れそうにないから。

それくらい、私はあなたが好きだったんだ……

振り向くタイミングを見計らっていると、衣擦《きぬず》れの音が耳に入った。

「レネレットさんでしょう？」

もう一度聞こえてきた声。私はついに振り向いた。

さらさらの黒髪、色白な肌。整った顔立ちが驚きから微笑みの表情に変わる。

ベッドの上にいる人物の姿に、これは幻覚かと疑った。

――死んだはずのオスカー・レーフィアルがそこにいた。

「やっぱりレネレットさんだ。あなたが僕のお見舞いに来てくださるなんて、明日は嵐にでもなるのでしょうか。生き延びてみるものですね」

聞き慣れた減らず口は健在で、こんな喋《しゃべ》り方をする私の知人は彼くらいだ。

帽子とマスクで顔なんてほとんど見えないはずだが、振り向いた私の姿に彼は確信したらしかった。どこで判断しているんだろう。

私は相手をよく見るため、邪魔な帽子とマスクを取り払った。そしてズンズンとベッドへと歩を進める。こういう時に、感動で震えながらゆっくり近づくなんて演出ができないのは、私と彼の関係を如実《にょじつ》に表しているとしか思えない。

「……あなた、本当にあのエセ神父？」

顔を近づけて尋ねると、オスカーは肩を竦《すく》めた。

「エセ神父とはひどいなあ。――ですが、あながち間違いでもないですね。実は僕の正体は神父ではなく、縁結びの神そのものなので」

神さまそのもの？　いやいや、ご冗談を。

どういう意図があってそんな冗談を言い出したのかわからない。血を失いすぎたせいだろうか。

「えっと……死にかけて、頭が変になっちゃった？」

真面目に案じたほうがいいだろうかと思いながらまっすぐ見つめると、オスカーは残念そうに笑った。

「思い出してほしいんですけど。まあ、最初に出会った時から、あなたには神さまだと思ってもらえなかったようなので、説明しづらいのですよね」

どこから話したら伝わるでしょうか、と言葉を続けて彼は頰を掻く。

ん？　本気で言ってる？

「はい？　っていうかあなた、本当に生きているのよね？」

オスカーの手をどけて、私は彼の頰を両手で包み込んだ。実体はある。頰は温かい。揉みほぐすように手を動かしたら嫌がられた。

残念。結構気持ちよかったんだけど。

「生きていますよ。思ったより出血してしまって焦りましたが、致命傷は負っていないです。想定通りであれば入院しなくていいはずだったのですが、エイドリアンさんにはずいぶんと恨《うら》まれていたようで。服の下に仕込んでいた鎧《よろい》が真っ二つになって、切っ先が刺さってしまいましてね。いやはや、それなりに縫いましたよー。これまでの転生で一番の大怪我じゃないですか？」

「ば、ばかっ……」

改めて存在を確認したくなり抱きつけば、オスカーの顔が引きつった。離れろとばかりに私の背中を軽く叩いてくる。

「ま、待って……傷口が開く……」

「わぁっ、ごめん！」

指摘されて、私はすぐにオスカーを解放した。悲しみで呆然としていたせいで何日も経《た》った気がしていたが、実際は昨日の今日なので、傷は癒《い》えてはいないだろう。

そう考えて、私はあることに気づいた。

「っていうか、神さまだっていうなら、そのくらいの傷、自分でちょちょいと治せないの？」

オスカーが神さまだなんて疑わしい。私が知っている神さまというものは、奇跡を起こして人間にはできないことを割となんでもやってしまうような存在である。神さまだというなら、怪我くらいサクッと治してほしいし、むしろ最初から怪我をしないでほしいのだが。

私が文句をつけると、オスカーはクスクスと笑った。

「今の身体は人間なので、そういうことはできません。確かに神の身体であれば瞬時に回復できるのですが、それだってそんなに便利なものでもないですよ。そもそも、僕は縁結びに特化した神ですし」

そういえばオスカーの勤めている神殿には、縁結びの神さまが祀《まつ》られている。オスカーは自分自身を祀《まつ》る場所で働いていたということだろうか。

縁結び……縁結びねえ……私は縁を切られてばっかりだった気がするけど？

「はあ。私、あんたと一緒に転生し続けてきたけど、あんたとの腐《くさ》れ縁しか恵まれていないわよ」

うさんくさく感じられて、私はオスカーに冷たい視線を送る。

「そうですか？　人脈を繋《つな》ぐ手助けをしてきたつもりだったのですが、評価していただけなくて残念です」

言われてみれば、確かにそれまでの人生は人に恵まれてきた気はする。そういった縁を使って人生を謳歌《おうか》してきたと言えなくはない。

前世を振り返り、今世も振り返ってはたと気づく。

「ん？　でも、私、この人生ではろくな目に遭《あ》ってないけど」

これで今世も奮闘してきたのだと言われたら張り倒してやろうと思っていたが、「そうですね」と頷《うなず》かれたので見逃《みのが》してやった。

さらにオスカーは語る。

「今だけですよ。厄年《やくどし》みたいなものです。それに、僕との縁を切ろうと努力してらしたでしょう? それが巡り巡って今回のような出来事に繋《つな》がるのです」

納得はできないが、理解できなくはない話だ。反論が思いつかず、別の方向から問い質《ただ》すことにする。

「じゃあ、私は今回も結婚しないで一生を終えろ、と?」

「そうですね」

悪魔のような微笑み。オスカーの意見は一貫している。縁結びの神さまに結婚を否定される私ってなんなのだろう。

私はため息をつきながら、一つの話を切り出すことにした。彼は私がまだ前世の全ては思い出せていないと今でも勘違いしているらしいが、実際はそうでもない。

「ねえ、オスカー。一つ思い出したことがあるんだけど」

「はい、なんでしょう?」

何を聞かれるのだろうかといった様子で、オスカーは不思議そうに首をかしげる。私は両手を腰に当てて彼を見下ろした。

「今までずっと忘れていたんだけど、私、あなたに最初に会ったあの世界で、あなたの伴侶《はんりょ》になってなかった？」

ここ最近ずっと見ていたあの夢。あれは彼と初めて出会った世界での出来事なのではないか。

そう考えたら、いろいろ思い出してきたのだ。

家族に捨てられていたところで彼に出会い、彼が私の面倒を見てくれたこと。

いつも優しく接してくれたこと。

あの世界についていろいろと教えようとしてくれたこと。

だけど、私は彼を拒《こば》んだ。当時の私は彼の優しさを受け入れられなかったのだ。何か裏があるに違いない——そう疑って、彼からの施《ほどこ》しを拒絶し続けた挙句、病《やまい》を発症し、命を落とした。

「いつぞやは私の身体が弱かったって、あなたは私が海に落ちた時に言っていたけど、よく考えたら私、そんな記憶がないのよね。転生のたびに、健康で丈夫な身体で生まれているのよ。だからたぶん、『身体の弱かった私』っていうのは最初の、本当に最初の話なんじゃないかって」

私が告げると、オスカーはなんと言ったらいいのかわからないような顔をした。その表情から、あの夢はどこかの世界で本当にあった話なのだと確信する。

「なんであなたを拒絶した私に世話を焼いているのよ？」

それは愛情ではないのか。

海に落ちた後に聞いた時、私への愛はないと彼は告げた。でも、こんなに私のことを気にかけて、神さまとしての力を使えないとわかっているのに、溺《おぼ》れるかもしれない海に飛び込んだり、エイドリアンの襲撃から身を挺《てい》して守ってくれる人のその気持ちが、愛以外のものであるようには思えない。

私がまっすぐに見つめると、彼は迷うような顔をして、そしてニッコリと笑った。

「それは成り行きですし、そもそもは僕の自己満足で始めたことです。自分のためにすぎませんよ。自意識過剰ではありませんか？」

「自意識過剰って失礼な」

「レネレットさんは、結婚さえできれば、今後は転生しなくてもいいとお考えなのですよね？　ならば、これで終わりにしましょうか」

「はい？」

話を逸《そ》らされたが、それはそれで気になる話題だ。

これで終わりってどういうことだろう？

目を瞬《しばた》かせていると、オスカーは真面目な顔をして話を続ける。

「ぶっちゃけた話、あなたを転生させて、自分も転生させるとなると、かなりの力を使うんですよ。今回は神父という立場を利用し、信仰心を得ていくらか神としての力を取り戻しましたが、しばらくは難しそうで。そろそろきちんと神さまをしないとなあと思っていたところなのです」

私への愛情はないと言いつつ、私を必死になって助けてくれたことの理由がやっとわかった。

今のタイミングで死んだら、私も彼も転生できないということだろう。自殺したかどうかに関係なく。

ひょっとしたら、自殺云々《うんぬん》の話そのものが、転生に必要な力が足りていないことを隠すための方便だったのかもしれない。

「じゃあ、これからは結婚させてくれるの？」

私の今世での目的は結婚すること。結婚の後に待ち構えているだろうあれこれについてはとりあえず横に置いておくとして、とにかく私は、自分にずっと縁がなかった結婚というものをしてみたい。結婚できたなら、私にやり残したことはないのだから、次の転生は不要である。

私が確認すれば、オスカーは素直に頷《うなず》いた。

「ええ。次にあなたが『この人と結ばれたい』と思う人を見つけたら、僕のもとに来てください。全力で縁を結びましょう。そうしたら、これまでの転生の旅は終わりです。……悪くないでしょう？」

ねえ、オスカー。あなた今、どんな顔をしてその台詞《せりふ》を言っているかわかってる？

心の声は口にはできない。オスカーの真意が知りたいと、初めて思った。

「……うん、ちょっと考えさせて」

今は時間がほしい。怪我人に負担をかけるべきではないからと言い訳をしつつ、私はその場を後にした。

彼が急に縁結びをしてもいいと言い出した理由に気づけないほど、私は鈍感《どんかん》ではない。オスカーがこれで終わりにしようと思ったのは、きっと私が泣いたからだ。彼のために。

あの場所には、かつて結婚してもいいと思っていたエイドリアンとジャスパーがいた。状況が状況だったという理由も確かにあるが、取り乱した私はその二人そっちのけでオスカーのもとへ行き、みっともなく大泣きした。エイドリアンを責めるわけではなく、ジャスパーに助けを求めるわけでもなく、なんの力にもなれないことを理解しながら血まみれのオスカーの手を握っていた。

彼が死んでしまうと、本気で案じ、必死になった。

オスカーは、それを見て嬉しかったのではないだろうか。私の腕の中で幸せだと告げたのは、演出ではなく、本当に心からそう思っていたのではないか。

「オスカー……」

私は、血に染まった彼を見て、自分がどれだけ彼のことを気に入っていたのか理解した。どれだけ、彼のことが好きだったのか、やっとわかった。

名を呼んでときめくのは、彼の名前だけだ。

……ずいぶんと時間がかかったわね。

盛大なため息をつくと、心の準備をする。

「――リズ。ペンと紙を用意してちょうだい」

私はリズを呼び出し、手紙を書く準備を整えてもらった。出す相手は、私の愛する両親だ。

――親愛なるお父さま、お母さま。

うまく言葉が出てこなくて何度か書き損じてしまったが、なんとか一通の手紙を書き上げた。本当に結婚したい相手が誰なのかを、丁寧にしたためて。

お父さまは許してくれるかしら。お母さまは受け止めてくれるかしら……

両親の返事を、私は真摯《しんし》に待った。

しばらくして両親から届いた手紙にはこうあった。

――お前が望む相手であれば、それでいい。

その言葉に喜びつつも、私はふと考えた。

縁結びの神さまは、自分の縁をちゃんと結べているのだろうか。

＊　＊　＊

ジャスパー事件から二週間が経《た》ち、世の中はすっかり秋めいている。

私は最小限の荷物を鞄《かばん》にめいっぱい詰め込んで、オスカーのいる神殿にやってきていた。

重たい荷物を自分一人でかかえ、建物の前で立ち止まる。全体的にシックで簡素な造りだが、よく見れば丁寧な仕事がされている建物を見上げ、私は大きく深呼吸をした。

――やっぱりここの雰囲気は好きだわ。

初めてここを訪れた時と変わらない。あの日、この場所を出た時にはひどいところだと思ったが、その時の気持ちは訂正《ていせい》しておこう。

顔見知りになったシスターに玄関を開けてもらい、いつも通りに私は祭壇のある部屋へ通される。あの時と同じように祈りを捧《ささ》げていると、近づいてくる気配があった。

やがて足音が止まり、声をかけられる。

「お久しぶりです、レネレットさん。結婚相手、決まりましたか？」

私が顔を上げて声の主《ぬし》を見ると、元気そうなオスカーが隣に立っていた。エイドリアンから受けた刺し傷が完治しているかはわからないが、ほぼ二週間ぶりに見る彼の顔色がよいことに、私は安堵していた。

「ええ。おかげさまで」

私が晴れやかな調子で返せば、彼の視線が私の左側に置かれた大きな鞄《かばん》に向けられる。

彼の眉が片方だけ上がった。

「そうですか。その荷物を見るに、これからその男性の場所に転がり込むおつもりで？」

オスカーはからかい口調を意識しているようだったが、どこか動揺している気がした。

これまでなかなか結婚相手に恵まれなかった私だ。それなのにたった二週間ほどで、結婚の準備らしく見える荷物をかかえて現れたから驚いているのだろう。伯爵令嬢にしては荷物は少なく、私の姿もより質素なので、庶民との結婚を選んだように感じられそうだと、今さら思う。

私は自分の荷物をちらりと見やり、肯定《こうてい》した。

「そうよ。あまり荷物がかさばると申し訳ないから、少なくまとめてきたの」

肩を竦《すく》めてあっさりと返すと、彼は私の格好を無遠慮に見つめてくる。そこから私が選んだ個人を特定しようとしているのかもしれない。

「それはよい心がけで。――ところで、そろそろお相手のお名前を聞いてもよろしいですかね？　全力で縁を結びましょう」

いよいよこの時がきた。私の胸がトクンと強く跳ねる。

私はまっすぐにオスカーの顔を見た。身長差があるから、見上げる形になってしまうのだけども。

ここで手のひらを返されたくはない。唾を呑み込んで、私は確認することにした。

「本当に全力で縁を結んでくれる？」

念を押すと、オスカーは訝《いぶか》しげな表情を作った。

「ええ、約束ですからね」

自分から言い出したことだから仕方がないと、その口調は如実《にょじつ》に語る。私に対して心配性で過保護気味なオスカーにとって、この事態は本当は望んでいなかったことなのだろう。

でも、ちゃんとけじめをつけないとね。お互いに。

私は意を決して唇を動かした。

「あのね、オスカー。私が決めた相手は――」

「相手は？」

もったいぶって言葉をためれば、オスカーが繰り返す。面倒そうな様子が不本意だと言わんばかりで、それがかえって私には面白かった。

こちらに充分に意識を向けてもらったところで、私はビシッとオスカーの顔を指し示した。人差し指が彼の鼻先を掠《かす》める。

「オスカー・レーフィアル、あなたよ！　私、あなたと一緒になるために出家するわ。よろしくね！」

うっかり舌を噛んだり、恥ずかしくなって言葉が詰まったりしないように、私はこの時のため、恥を忍んでリズにお願いし、彼女をオスカーに見立てて何度も告白の練習をしてきた。その成果は出たと思う。上出来だ。

オスカーは目を丸くしている。ポカンとした顔が見られたのは、ふだん彼にやり込められていたぶん、ちょっと優越感。

でも、もう少し反応があると思っていたんですけど！

私は彼の顔を指したまま、腕を下ろすタイミングを完全に失っていた。

このポーズで静止しているのって、はたから見たら結構シュールじゃないですかね？

「……え？」

彼の口からやっと出てきた言葉はそれだけ。

ちょっ、リアクション薄いぞ。どうしたのよ、オスカー。

私は焦った。

「え、じゃなくて、私との縁を結んでほしいの！」

上げたままになっていた手を自分に向け、続いてオスカーの顔に向ける。

「私、レネレット・ゴットフリードはオスカー・レーフィアルの妻となることを誓いたいけど、相手は神父で結婚できないのでっ！」

逃げられたら困ると、私は彼に抱きついた。よし、捕獲成功。

一方、戸惑うオスカーは、そんな状態でも私をきちんと抱きとめていた。

胸に埋《うず》めていた頭を上げると、想像していたよりもずっと近くに彼の顔があった。胸がドキッと音を立てる。

「神父……」

その言葉を、オスカーはフッと鼻で笑った。

「いいえ、それを言うなら『神さま』の間違いですよ、レネレット」

オスカーの手が私の頬に触れ、流れるように彼の唇が私のそれに重なる。拒《こば》む時間は全くなかった。

キスをされたのだと理解した瞬間、全身が熱を持つ。
オ、オスカーのくせにっ！
ようやく離れた顔は、とてもとても穏やかに微笑んでいた。彼のこんなにも幸せそうな笑顔を見るのは、たぶん初めてだ。オスカーの行動に腹を立てていたはずなのに、私はあっという間に心を奪われる。

「いいでしょう。全力で縁を結ばせていただきます。ただし、返品不可ですからね」

私は彼の頬に手を伸ばす。背伸びをして目を閉じた。優しい温もりが唇に伝わる。

このキスはどちらからしたものだったのだろう。

私たちの幸せが長く続くといいと思いながら、私は彼に身を任せた。

たった一人の最高の伴侶《はんりょ》

さて、私、レネレット・ゴットフリードは嫁《とつ》ぐというかなんというか、収まるところに収まる形で落ち着いた。この世界に生まれて十七年間もお世話になった家を出て、縁結びの神さまの神殿で新生活を始めている。

私の運命の相手は、別れても何度も巡り会う人物だった。転生前からの縁だなんて言ったら素敵なロマンスのように語れそうだけれど、恋愛経験がない私にはうまく言い表せない。ただ、紆余曲折《うよきょくせつ》すったもんだがあり、彼――オスカーが大事な人であることには違いないと確信したので、この言葉にならないモヤモヤをかかえて私は今、彼のそばにいる。

が、大きな問題は私が神殿に押しかけた翌日に起こっていた。

――一緒にいれば自然とこの気持ちの意味がわかるようになるだろうなんて楽観視していたから、バチが当たったのかしら？

神殿での生活は、私が神父たちのお仕事についてほとんど無知であるせいで、スタートから躓《つまず》いていた。

「……そうですね。まずは神職について勉強していただきましょうか」

私の目の前に次々と積まれていく書籍たちは、全ての重量を合計すると、おそらく生まれたての赤ちゃんよりも重いに違いない。

古ぼけた分厚い書籍の表紙には細かなレリーフが刻まれており、縁結びの神殿のシンボルも描《えが》かれていた。この神殿に関連する書籍なのだろう。教典の類《たぐい》といったところか。

「オスカーはこれ、もう読んだの？」

自慢の金髪をひょいっと肩の後ろに投げて素朴な疑問を口にすれば、一応の旦那さまである彼――オスカー・レーフィアルは肩を竦《すく》めた。眼鏡が光って見えたのはなぜだろう。

「ええ、幼少の頃に。僕を讃《たた》える言葉がたくさん並んでいて安心しましたよ。信仰心を集めることも、神さまの仕事ですからね」

「神職でもない私が全部読む必要ってどれくらいあるの？」

「あなたは僕のことをよく知らないでしょう？　そこには縁結びの神についての記述が多く載っていますから、僕の経歴書だと思って目を通してください」

経歴書ねえ……まあ、確かに私はオスカーについてよく知らないわけだけど。

現在は神父をしているが、オスカーの本来の姿は、なんと縁結びの神さまなのだという。神父として勤務している彼こそが、この神殿に祀《まつ》られている存在そのものなのだ。

彼が自分で自分に祈りを捧《ささ》げているのを見ていると、それでいいのかとも思うのだけど、本人いわく「自分自身を信じることも、他の人々を手助けする上では重要なので」とのことなので問題ないらしい。

転生を繰り返す中で、何かとまとわりつかれてきた彼であるが、今世まで私は彼の正体が神さま——しかも、縁結びの神さまであるとは考えもしなかった。

いや、ずいぶんと長い腐《くさ》れ縁だとは思っていたけど。

「確かに私はこれだけ長い付き合いがあるのにもかかわらず、あんたのことをよく知らないわ。でも、転生前の話は今さらじゃないかしら？　私は今のあなたを深く知りたいんだけど」

そう、彼について知りたいと思った私は、すでに行動を起こしていた。

特に結婚を約束した昨夜は一応初夜にあたるのではないかと思い、寝室を別に用意してもらったにもかかわらず、オスカーのベッドに忍び込んでみたのだ。だが、指一本触れられないまま、あっさり追い出されてしまった。押しかけた時もキスくらいはしてくれたのに、なんだか切ない。

神職との結婚は制度としては認められていないが、子孫を残すために異性と関係を結ぶこと自体はよくあるって言っていたくせに。

私がむくれると、オスカーは困ったような顔をした。

「深く、ですか」

「だって、今までのあなたは異性というより迷惑な保護者みたいなものだったでしょ？　付きまとってはきたけど、私の行く末をただ見守っているだけみたいな。でも、せっかくこうして暮らすことになったんだから、なんか、こう、夫婦っぽいことや恋人っぽいこともしてみたいのよ」

何度も何度も別の人生を歩んできた私だが、結婚経験がないだけでなく、恋人らしい恋人ができたことすらなかった。私の恋愛知識は書物を通じて得たものが中心で、後はその時代の友人知人から聞いた話ばかりである。

私が抗議すると、オスカーはますます困った顔をした。

「そう言われましても、あなたが思っているほど僕は暇ではないんですよね。神としての力を取り戻すためにも、それなりに来客の対応もしないといけませんし。もしレネレットさんが神事知識を得て手伝ってくれるなら、仕事が減るのでお相手できるようになりますよ」

そう言われてしまうと、強く出られない。神さまであるオスカーが神父をしているのは、彼の力の源が人々の信仰心だからだと聞いている。たくさんの信者を集めて力を得ることは、彼が生きるため必要不可欠な行為なのだ。来客の対応は単なる仕事というだけでなく、文字通り生命線だろう。

「……わかったわ。読めばいいんでしょ、読めば」

一冊手に取ってみる。ずっしりとしたそれは、読み終えるまでに何日かかるのかわからないほどの分厚さだった。

「そうしてください。読み終えるまでは、この離れの外へ出ないでくださいね」

「はい？」

今、なんて言った？

不穏な言葉に、聞き間違いではないかと問い返せば、オスカーはにこやかに微笑んだ。

「あなたが正式にこの神殿の一員と認められるまでは、あまりうろうろしていただきたくないのです」

聞き間違いではなかったらしい。

「え、待って。どうして？　シスターたちだって、私があなたの押しかけ女房に来たってことはわかっているんでしょ？」

そう、私がこの神殿を訪ねた時、シスターに理由を説明してオスカーのもとまで案内してもらっている。ここに来た理由はみんなに知られているはずだ。

すると、オスカーは首を横に振った。

「レネレットさんはシスターになるための修行をしに来たのだと、皆には説明し直してあります」

「どうして？」

「事実上の結婚とはいえ、一応それが神殿の決まりなので」

「め、面倒くさい……」

どうしてすぐに夫婦として生活できないのだろう。私には理解できない。

それに、あの時は……

夢だと思っていたあの光景を思い出す。最初に出会った世界で、彼と私は夫婦だったはずだ。……私が夫婦だったと思い込んでいるだけで、実際は違ったのだろうか。

記憶をたどり始めると、オスカーは私の肩をポンと軽く叩いた。

「詳しいことは読み進めるうちにわかりますよ。──では、頑張ってください」

「あ、待って」

生活拠点として提供されている部屋から出ていこうとするオスカーを、私は慌てて引き止めた。

「何か?」

これ以上議論することは何もないでしょうと言いたげな威圧感を笑顔の裏に感じたが、私は無視して続ける。この程度で怯《ひる》むような私ではない。

「最初のあの世界で、私はあなたと夫婦だったんでしょう? あそこでは今と宗教観が違うから、すぐに一緒になれたってこと?」

それとも記憶があやふやなせいで、当時も何かしらの手順があったことを忘れてしまっているのだろうか。

あの頃と同じように生活できると――、いや、あの日の続きをできればいいと思って行動しただけに、こうして距離を置かれてしまうと悲しくなる。

彼が私にこだわるのは、最初の世界のオスカーが私からの愛を求めていたからでは……なんて考えちゃったのは、自意識過剰だったのかしらね。

不安な気持ちで問えば、オスカーは微苦笑を浮かべた。困っているような雰囲気だ。そんなに答えにくい質問だったのだろうか。

少し間があって、ようやっと彼の形のよい唇が動いた。

「……まあ、そんなところですかね」

え、なんで言葉を濁《にご》すの？

「――そろそろ来客の時間です。失礼しますね。夜には勉強の進捗《しんちょく》を聞かせてください」

早口気味にそう告げて、オスカーは部屋を出ていったのだった。

そして、一週間が過ぎた。私の進捗《しんちょく》といえば、やっと一冊を読み終えたところだ。全冊を読了していないために、もちろん必要最低限の外出以外は禁じられたままである。

「――うーん、この状況って妙に既視感《きしかん》があるのよね……」

私は簡素なベッドの上であぐらをかき、ふうとため息をついた。

今のため息の原因は、この結婚が世間に公《おおやけ》にできないことが理由ではない。そりゃあ伯爵令嬢という立場から考えると、国から祝福してもらえないのはちょっと残念ではあるけれど、オスカー自身は私を大事にしてくれているわけだから、この件でわがままは言わないつもりだ。

で、大事にしてもらっているからには、私は幸せな生活を送っていると胸を張って言えるはずだったのだけども、ボタンを掛け違えたみたいな違和感が、ずっと付きまとっている。

その理由――それは現在、私が軟禁中であるのに加え、オスカーがどことなく私を避けている雰囲気があるからだ。押しかけたあの日にキスをしたのを最後に、触れてくることもない。

あ、待った。今朝は私に似合うと思うからって、今着ているドレスを持ってきてくれたのよね。デザイン的に一人では着づらいって言ったら、着替えを手伝ってもくれたっけ。でも、それ以外は業務連絡っぽいやりとりばっかり。

私を部屋に閉じ込めること自体は、私を大切に扱おうという気持ちの表れであると前向きに捉《とら》えるとしよう。しかし、読書の進捗《しんちょく》報告をさせるばかりで色気のある話がちっとも出てこないのは、夫婦になろうとしている現状、いかがなものか。

不満はさておき、オスカーに軟禁されているってこの状況に既視感を覚えるのだとしたら、あの始まりの世界でのことなんだと思うんだけど。

でもあの時は、彼に命令されてそうしていたわけではなかった。私に行く場所がなかったために、結果的にそうなっていたのだと思う。

一人で部屋に籠《こ》もっているので、考える時間はたっぷりある。誰かに邪魔される心配もないから、たびたび懸命に記憶を遡《さかのぼ》るのだが、最初の世界のことだけがどうにもよく思い出せない。もやがかかったみたいに感じられるのは、最古の記憶だからだろうか。

それとも、一応は神さまであるオスカーが、裏で何か細工でもしているのだろうか。

最初の世界での話を聞こうとすると、オスカーはいっつも逃げちゃうのよね。どうしてなのかしら……

私に思い出してほしくないのだろうか。二人が何度も巡り会う運命をたどることになった、大切な始まりの記憶のはずなのに。

夢の通りであれば、オスカーは私の最期に泣いてくれたのよね。神である彼にとって、ただの人間の小娘でしかないはずの私のために……

考え始めると、オスカーから押し付けられた書物の内容が頭に入らなくなってきた。オスカーは夕暮れと共に、神殿からやや距離のある場所に建っているこの離れに戻ってくるが、まだ陽《ひ》が高いので様子を見にくることもないだろう。

少し横になっても怒られないわよね。

あくびを一つして、私はベッドに横になる。簡素な割に、実家のベッドと同じくらいに寝心地のいいベッドだ。掛けられているシーツもとってもシンプルだが、肌ざわりはいい。

他の調度品にしても、見た目こそ地味だが丁寧な仕事を施《ほどこ》されたものばかりだ。こういうセンスを好む私としては、この神殿の主《ぬし》であるオスカーと趣味が似ているのではとちょっぴり嬉しかった。

こうして前より距離が近づいたと思えるのに、なんで彼は私を遠ざけるのかしら。

「オスカー……あなたは私が迷惑なの……？」

押しかけるタイミングを誤《あやま》ったのだろうか。

だったらそもそも、十七歳を結婚適齢期としている世界に転生させなければよかったのに。たとえここしか選べるところがなかったのだとしても、もっと晩婚の国がいくらでもあったのではと考えてしまう。

そういう細かい部分を指定できないほど、神さまとしての力を失っていたのかしら。

オスカーからキスをしてもらった時、お互いに気持ちが通じ合えたと確信したのに、思い違いだったのではないかと考えると胸が苦しい。やっと彼と向き合う決心がついたのに。

「ねえ、オスカー……」

私はそっと目を閉じる。

＊　＊　＊

これは夢。でも、おそらく私がかつて生きていた世界での話。

僕の伴侶《はんりょ》にならないか——そう話しかけてきた妖しい存在の手を取って、私はこれまで見たことのない神殿の中に連れてこられた。

『……あなた、ここに住んでいるの？』

私が住んでいた屋敷とはそもそもの構造が異なるようだ。

木造であるがかなりしっかりとした構造で、一見すると地味なのに、目を凝《こ》らせばあちこちに細かなレリーフが刻まれている。使われている色が一色のみなので遠目にはわかりにくいのだが、そういう細やかな気遣いが、かえって落ち着く空間を作っていた。

『ええ、そうですよ。——必要なものがあれば取り寄せますが、いかがしますか？』

親切すぎる彼の言葉がにわかに信じられなくて、私は首を横に振った。

病気をしがちで働けず、村では厄介者とされてきた私だ。食料はいつも生きるためにギリギリしか与えられなかったし、服だって暑さ寒さをなんとかしのげる程度の代物《しろもの》しか手に入れられなかった。急に優しい言葉をかけられても、どうせその直後に裏切られるのだと思い、私は口を噤《つぐ》んでしまう。

『わかりました。では、お風呂にしましょう。雨に濡れて身体が冷えたことでしょうし。その間に夕食を用意します。たくさん食べてください。そしたら、今夜は休みましょうね』

そう提案されるが、私はやはり警戒したままだった。油断したが最後、人外の者らしい彼に食べられてしまうに違いない、そんなことを考えていた。

その後浴場へと案内された。彼は『着替えは用意しておきますね』と告げて去ってしまう。それを見て、私はどこかホッとしていた。

木製の湯船にはなみなみと湯が張られている。湯気で煙《けむ》って全体が見渡せないのだが、浴室内をひんやりとした風がどこからともなく吹き抜けていくので露天風呂ではないだろうかと推測する。

よくよく考えてみれば、数日ぶりの入浴だ。湯船の中を汚さないように丁寧に肌を擦《こす》って垢《あか》を落とす。

なんか痛いなあと思ったら、痣《あざ》が増えてるし……

照明があちらこちらについているので身体の状態がよく見えた。今まで意識してこなかったが、痩《や》せ細った四肢には傷や痣《あざ》が多く浮かんでいる。家の仕事をしている時にぶつけたものも混じっているが、たいていは村人たちにつけられたものだ。

こんな身体を誰にも見られたくなかったのと、少しでも怪我を防げるようにと長袖を着て、自分でも視界に入らないようにしてきたが、改めて向き合うとひどい姿である。

仕方がないことだと諦めてきたけど、何か抵抗できる方法はあったのかしらね。

こうしてひどい仕打ちは散々受けてきたものの、食事が与えられていたことは僥倖《ぎょうこう》だった。身長がよく伸びてくれたのがその証拠だろう。ただ、年頃の少女にしては肉づきが悪く、胸もほとんど育たなかった。

胸元を洗いながら、顔はいいのにもったいない、と誰かに言われたことを思い出す。あれはどういう意味だったのだろうか。

気にするだけ無駄ね。どうでもいいことだわ。

念入りに身体を洗って湯船に浸《つ》かる。こんなにたっぷりと張られたお湯に身体を沈めた経験は初めてだ。

長い髪が水面《みなも》に広がる。香草が湯の中に浮かんでいて、よい香りを放っていた。香草入りのお風呂というのも今まで経験がない。

『気持ちいい……』

足を伸ばせるのも幸せだ。こんな贅沢《ぜいたく》をして、バチが当たるんじゃないかとふと思う。神の供物《くもつ》になるということで祠《ほこら》に捧《ささ》げられた私だけど、こんなところにいていいのかしら、とも悩んだが、なるようになればいいと深く考えないことに決める。

まあ、今日までの命なんだから、ちょっとくらい構わないわよね。

『湯加減はどうですか？』

気を許しすぎていた。

すぐ後ろから聞こえてきた彼の声に、私はびくりと身体を震わせる。思わず胸元に手を置いて隠した。隠すほどのものはないのだけど、それでも恥ずかしい。

『え、ええ』

なんとか返した言葉は、声がちょっと裏返っていたような気がする。

『よかった。熱すぎはしないかと思っていたので。長湯すると湯あたりを起こしますから、ほどほどにどうぞ』

のほほんとした様子から、彼は私の長風呂が気になって様子を見にきたらしいと理解する。湯船に浸《つ》かっていた時間より、身体を洗っていた時間が長かっただけなのだけども、確かにゆっくりしすぎたかもしれない。

『は、はい。気遣ってくれてありがとう』

早くこの場から出ていってほしくて、私は早口気味に告げる。

すると、彼は湯船に浮かぶ私の長い髪を一房《ひとふさ》すくった。

『え、あの』

「綺麗な髪ですね。洗って艶《つや》が増したようです』

『あ、ありがとう。でも、その、あんまり見ないで。恥ずかしい』

お湯は少し色がついて濁《にご》っているが、この近さだと身体の線は見えているはずだ。彼が視線を向けているのは髪だとはいえ、私のほうが恥ずかしい。顔を向けることができなかった。

『夕食の支度がなければ、僕が身体を洗って差し上げようと思っていたんですがね。僕は磨《みが》くのが好きなんです』

その発言は天然なのだろうか。私はどんな言葉で応じたらいいのかさっぱりわからなかった。

磨《みが》くのが好きって、私を石か何かと勘違いしているのかしら。

黙っていると、彼の手が湯船から出ていった。

『しっかり身体を温めてから出てきてくださいね。今夜は冷えます。暖かい服装を用意しましたので、着替えたら廊下をまっすぐお進みください。お待ちしております』

そう告げて、彼はようやく去っていく。足音が聞こえなくなったところで、私は盛大に息を吐いたのだった。

着替えを終えた私が廊下の突き当たりにある部屋の扉を開けると、彼が待ち構えていた。

『いいお湯だったわ。ありがとう』

『いえ』

彼はにこやかにそう答え、私の頬に手を伸ばした。

『肌にも艶《つや》が戻りましたね。薄汚れていらっしゃったから、綺麗になってよかったです』

あまりにも自然な動作で触れてくるものだから、かわすことができなかった。触られて初めてはっとして、軽く手で弾《はじ》く。

『き、気安く触らないで』

『ああ、失礼』

本当にそう思っているのか甚《はなは》だ疑問に感じる口調で告げられる。そして彼は、視線を私から部屋の中に移動させた。

『夕食の支度はできていますよ』

どうぞとばかりに手で示された先に、私は顔を向ける。目に入ってきた光景を、私は一瞬疑った。

『わあ……』

用意された夕食は、これまで見たことのないご馳走だった。

ローテーブルに所狭しと並べられた皿には肉や魚の料理、旬の野菜や果物を刻んだものなどが綺麗に盛り付けてある。二人前にしてはどう考えても量も種類も多い。

私がぽかんとして食卓を見ていると、入り口に立っていた彼はさっさと席についてしまった。彼の行動を見て、私は慌ててどこに座ればいいのかとキョロキョロと視線を巡らせる。

『あなたはこちらに座りなさい』

示された場所は、彼の右隣だった。その場に敷かれた敷物をポンポンと叩いて私を呼んでいる。

『……近過ぎるわ』

とても広い部屋の中、座卓自体もベッドと匹敵《ひってき》するくらいに大きなものなのに、わざわざ隣に来いという理由がよくわからない。

『あなたに近くにいてほしいのです。これは結婚式のようなものですので、隣に腰を下ろしていただかないと』

ここに連れてこられる前に確かに伴侶《はんりょ》にならないかと言われた。冗談だと思っていたのに。どうやら彼は本気で言っていたらしかった。

『でも、お客がいないわ。結婚式っていうのは、夫婦となる二人の顔をお客に見せるためにそうしているのではないの？』

『どんな形でも式を挙げたという事実が重要なのです』

納得したわけではなかったが、このままでは埒《らち》が明かない。立ちっぱなしも疲れるので、私は話を切り上げることにしてしぶしぶ隣に腰を下ろす。

『……ごはん、ずいぶんと量が多いのね』

『宴《うたげ》ですから。お祝いごとは盛大なほうがいいでしょう？　――というのは建前で、あなたの好きな食べ物がわからなかったので、僕が思いつく限りの料理を用意してみました』

『これ全部、あなたが作ったの？』

短時間でこれだけのものを作るのは無理ではないかと思ったが、この屋敷には他に人《ひと》気《け》がないし、彼以外の人物とも顔を合わせていない。彼が作ったと言うのなら、そういうこともあるのかもしれない。

そもそも彼自身、人間に見えるけど、本当にそうかはわからないし。

見間違いでなければ、彼は空から舞い降りてきた。その時点で普通の人間ではないだろう。

私が尋ねると、彼はふっと小さく笑った。

『ええ。手の込んだものは用意できませんでしたけどね。お口に合えばいいのですが』

彼はそう言ったが、私には充分に手の込んだ料理である。最期に食べる献立《こんだて》として、これ以上のものはなさそうな気がするので、とてもありがたい。

『あなたはふだんからこんな料理を食べているの？』

『いえ。いつもはもっと簡単に済ませますよ。自分一人の食事なんて味気ないものです。今日は宴《うたげ》だと言ったでしょう？』

『じゃあ、料理するのが好きなの？』

これだけの料理を用意できる腕があるということは、そもそも料理自体に興味があるに違いない。

私が問えば、彼はうーんと小さく唸《うな》った。

『好きか嫌いかと聞かれたら、おそらく好きなんでしょうね。もてなすのが好きな性分なんですよ。僕は人からもてなされる側なのですが、そういう面でも身近なせいか興味が湧《わ》いたのでしょうね』

彼はさらっと、自分はもてなされる側だと言い切った。この人は何を生業《なりわい》としている人なのだろうか。

『さてと。僕についての話は寝床に入ってからにしましょう。食事が冷めてしまいます。美味《おい》しいうちにどうぞ』

『は、はい……』

次の質問を投げかける前に止められてしまった。彼が食べ始めるのを待って、私も皿に手を伸ばす。

食事の話題が出た時、私は正直なところ食欲がないふりをして口にしないことを密《ひそ》かに決めていた。なんとなく、彼の言いなりになりたくなかったのだ。

それに、これらの料理が安全であるとは限らない。毒が盛られているのに気づかず食べて、苦しみながら死んでいくなんて最期は迎えたくなかった。

そう考えて身構えていたはずなのに、気づけばしっかり食事をとっていた。座卓の隅々《すみずみ》まで並んでいた料理は、全て空になっている。

少し口にするだけでよかったのに……

誤算である。どれもこれも美味《おい》しいなんて反則だ。薄めの味付けも私好みで、彼に勧《すす》められるままついつい食べ過ぎてしまった。

よく考えたら、こんなにごはんを食べられたのって初めてよね……

残したら捨てるだけだと言われて、つい乗せられてしまった。どれも捨てるにはもったいなさすぎる。それに、いくらでも食べ続けられそうなさっぱりとした味がまた憎い。

朝から何も食べていなかったのもよくなかったのかもしれない。いつもはお腹が空きすぎると胃が受け付けなくなることもあるのに、柔らかく煮てあったり具材が小さく刻まれていたりと工夫されていたのも敗因だ。よく考えられた献立《こんだて》だと思う。

『――こんなに召し上がっていただけるとは思いませんでした』

彼の呆れたような声が近くで聞こえる。私は食べ過ぎで眠くなり、今や彼の肩を借りてうとうとしていた。

『まあ、最期だと思ったら、自分好みの料理はしっかり食べておきたいじゃない』

ふっと笑って、私は返す。

『お気に召していただけたようで何よりです。明日も用意しますね』

『量はもっと少なくていいから』

『はい。そうしましょう』

くすくすと笑う声がする。

何がおかしいのだろう。何か変なことでも言ったかしら？

自分の台詞《せりふ》を反芻《はんすう》していると、身体が急に持ち上がった。

『ひゃっ！』

見慣れない視界の高さにびっくりして、私は思わず彼の首に腕を回した。彼に横抱きにされたのだ。

『やっぱり軽いですね。あなたはもっと食べて太ったほうがいい』

『そうしたくても、できなかったのよ』

『ああ、そうでしたね。今年の飢饉《ききん》は例年以上でした。そのせいで供物《くもつ》も少なかったですし。来年はもう少し改善するとは思いますが……』

『ん？』

『こっちの話です』

これでこの話題はおしまいと言いたげだったので、私は口を噤《つぐ》む。言葉の意味が気にかかったけれど、満腹による眠気で深く考えられない。

彼は私を軽々と持ち上げたままどこかへと歩き出す。

『寝室に案内しますね』

『部屋を貸してくれるの？』

『部屋を貸すことには違いありませんが……』

『んん？』

どうしてそこで言葉を濁《にご》すのだろう。疑問を抱いている間に寝室に到着してしまった。

ゆっくりと寝台に下ろされる。

ふかふかの布団は太陽の匂いがした。陽《ひ》だまりの中で昼寝をしているみたいで心地いい。

——ああ、すぐに寝ちゃいそう。

意識を手放しそうになって、私は両目を閉じる。

その時だった。

唇に触れる柔らかくも温かな感触に驚いて、私は目を開ける。

彼の顔が目の前にあった。

『んんっ！』

軽くパニックになって身じろぎすると、彼に押さえつけられてしまう。要するにのしかかられている状態だ。一気に目が覚めた。

『な、ななっ！』

長い口づけから解放され、やっと出た声がそれだった。動揺しすぎて言葉にならない。

そんな私の様子に困惑したのは、なぜか彼のほうだった。

『結婚後はこうして身体を重ねるものだと聞いていたのですが……違ったのでしょうか？』

『け、結婚後は、って、え、あなた、本気で私とっ？』

口がうまく回らない。恐慌《きょうこう》状態になっているのは間違いなかった。

『ええ。何度もそう伝えてきたと思うのですが。伴侶《はんりょ》になることに同意したから、あなたも僕についてきたのでしょう？』

『じょ、冗談だと思ってて……』

『どうして？』

『どうしてって……私は神さまへの供物《くもつ》としてあそこにいたわけで、だからちょっと休憩させてもらったらあそこに戻ったほうがいいかな、くらいに思っていたんだけど』

そんなに不思議そうな顔をしないでほしい。子どものように純粋な表情を浮かべる彼の顔に、私はうっとりしてしまう。

『ああ。供物《くもつ》の件でしたら、僕がうまく対処しておきましたから心配いりません。あなたがあそこに戻る必要はありませんよ』

対処してくれたのならそれでいいかと思えてしまった。彼なら本当にどうにかできそうな気がする。どうも餌《えさ》につられて私は彼に懐《なつ》きつつあるらしい。

『よかった……でもそれと、ここで私があなたの伴侶《はんりょ》になるのとは関係ないわよね？結婚ごっこも、あの……これで終わりってことにはならないかしら？』

言うと、彼の顔があからさまにがっかりした表情になった。もう少し隠さなくていいのだろうか。

『僕を騙《だま》したんですか？』

『騙《だま》した？』

聞き捨てならない台詞《せりふ》だ。私は聞き返す。

『伴侶《はんりょ》になると同意したからあなたはついてきたのだと、僕は理解したのですが』

『たとえそうだとしても、伴侶《はんりょ》になるのは、もう少しお互いに距離を縮めてからにしてほしい……と思うんだけど』

彼の顔を見ていると、強く言いにくい。落胆がすごく伝わってくる。

『人の世では、政略的に結婚をすることも多いと聞きました。結婚は家同士の結びつきのためと割り切って関係を結ぶのだと。僕としても、感情よりも結果を重んじたいのです』

大真面目に言われると、確かにそういう人もいるのだろうな、とは思えるのだが、いざ自分の身に降りかかっているのだと考えると気軽には頷《うなず》けない。

感情よりも結果って……

『そ、そんなに私を襲いたいの？　そもそも、政略結婚でもない気がするんだけど』

『襲いたいわけでは。ただ、形式を重んじる性分なもので、できる限り一般的な結婚の儀式はしたいのです』

『そう言われても……口づけはしたことだし、それで今夜のところはどうにかできない？』

おそらく無茶な相談なのだろうと思うが、一応交渉してみる。純粋そうな彼の態度から、自分の気持ちや考えははっきり伝えておいたほうがきっといいだろうと思えた。結果的にこれから起こることを回避できなかったとしても。

彼はとても苦悩していた。もっと触れたいのに、口づけだけで済ませろというのは気持ちとの折り合いがつけにくいのかもしれない。このために先ほど私をもてなしてくれていたのだとしたら、私としても罪悪感があるし当てが外れた彼がかわいそうな気もちょっとする。

長いこと悩んで、彼はようやく唇を動かした。

『……わかりました。では、もう一度だけ口づけをしたら、今夜は諦めましょう』

今夜は、の部分を強調された気がするが、交渉成立とばかりに私は頷《うなず》いた。

『も、もう一度だけ、よ？』

さっきは不意打ちだったのでパニックになったが、心の準備ができていれば大丈夫だろう。それに口づけなんて今までしたことがなかったが、彼とのそれは嫌ではなかったのだ。

そっと両目を閉じて、彼が来るのを私は待った。

＊＊＊

ぱちっと目が覚めた時、部屋は真っ暗だった。すっかり日が暮れてしまっている。

「しまった」

慌てて上体を起こす。こんなに部屋が暗いと、明かりをつけるのも難しい。オスカーはもう戻ってきている時間だろうか。

「目が覚めました？」

「ひゃっ！」

声は至近距離から聞こえた。隣で寝ていた彼の存在に驚きすぎて、私は盛大にベッドから転げ落ちる。

「だ、大丈夫ですか？」

暗闇の中で目が覚めたおかげか、周囲の様子はいくらか見えている。ベッドから這《は》い出て私のほうを覗《のぞ》き込む顔に、見慣れた眼鏡はない。夢の中で見たかつての彼の顔と面影《おもかげ》が重なった。

「オ、オスカー！　なっ、なんで添い寝してんのよっ！」

「夫婦なんですから、構わないでしょう？　それにこれは、レネレットさん自身が望んでいたことではありませんか」

「いや、そういうことじゃなくて……」

突っ込みつつ、私はあることに気づいた。

先週の私の行動って、今のオスカーと同じよね……

結婚したのだからと寝床で行為を迫ったのは、先週は私のほうだったが、今回はオスカーからだ。似た者同士だと感じてしまい、心の中でそっと笑う。

でも、今はともかく、先週のオスカーが拒《こば》むことはなかったと思うんだけどな……。何か作法を誤《あやま》ったかしら……ムードが足りなかったのかな……

悩みつつも、今はそこが一番の問題ではない。気を取り直して、私は言葉を続ける。

「──私が寝ているのをいいことに、どうしてあなたまで隣で寝ているのかって理由が聞きたいのよ」

距離を取るつもりで私は床に腰を下ろしたまま、ベッドに座ったオスカーを見上げた。

横になるためか、彼は上着を脱いでいる。シャツとトラウザーズという簡素な格好は、この世界ではいわゆる下着姿に相当することもあり、私はドキドキしてしまう。こういう気持ちにさせられるのは、彼に色気を感じているからなのだろうか。

ほんと、腹が立つくらいの美形なのよね……。

気持ちが本題から逸《そ》れてしまった。軌道《きどう》修正しなければ。

オスカーはくすくすと笑った。

「レネレットさんが起きるまで椅子に座って本でも読んでいようかと思ったのですが、日が暮れてしまったでしょう？　明かりをつけたら、あなたの眠りの妨《さまた》げになると考えて暗いままにしておいたところ、僕も眠くなってしまって。ベッドをお借りしました」

「……そこは、起こしてよ」

夕食の支度だったり入浴の準備だったり、夜は夜でやることが多いはずだ。私も彼ものんきに寝ている場合ではないと思うのだが。

「あまりにも気持ちよさそうに眠っていらっしゃるのを見ていたら、起こしにくかったのですよ」

私の指摘に、オスカーは肩を竦《すく》めておどけて見せた。

「次はちゃんと起こして。私、寝起きはいいほうなのよ？」

「仕方がありませんね。……あなたと違って寝込みを襲ったわけではないのに、これほど文句を言われるとは心外です」

あなたと違って、とわざわざつけ加えるあたりが意地悪だなと感じる。オスカーらしいとも言えるけども。

ここでくだらない会話の応酬《おうしゅう》をし続けていることに、もはや価値はない。次の行動に移ろう。

「あんたが想定外のことをするからです！　――ほら、夕食の準備をしないと。明日の朝も早いんでしょ？」

神殿の朝が早いことはこの数日で理解したつもりだ。朝焼けが出る前から活動が始まるので、あまり夜更《よふ》かしはしていられない。

私はゆっくりと立ち上がる。

「今は何時？　手伝うわよ。前世知識を使えば、ある程度のことは力になれるでしょう？」

スカートの裾《すそ》についた埃《ほこり》を軽く払いながら、私は改めてオスカーを見た。

彼はすでにベッドを下りて立っている。乱れた服を簡単に直しつつ、オスカーは告げた。

「――今夜は一緒に寝てみますか？」

聞き間違いかと思ったが、見上げた彼の顔は想像よりも真面目な表情をしていた。

「な、何よ、急に……」

「いえ、レネレットさんの寝相がいいということを先ほど確認できたので。いつぞやのあなたは寝相がひどくて、とても隣では寝られなかったものですから」

彼が言う『いつぞやのあなた』というのが、私たちが出会ったあの世界の私を指しているのだとわかり始めていた。彼にとって、あの世界での私は特別な存在なのだろう。

私と結ばれることを選ばず、それでいてずっと一緒に転生し続けようとする気の長い関わり方は、神さまならではの考え方なのかしらね……。

思い出せた記憶の断片をかき集めてみても、オスカーが何度も何度も転生を重ねてまで私を見守り続けることを決めた理由はわからない。どうしてそこまで私に執着《しゅうちゃく》しているのだろう。自分の手元に置こうとはしなかったくせに。

「……いつぞやって、私は全く覚えていないんですけど」

「忘れたままでいいと思いますよ」

オスカーは私の乱れた髪をますますボサボサになりそうな勢いで撫《な》でて、部屋を出ていく。廊下はランプが置かれていたため、部屋よりも明るかった。

「ちょ、ちょっと、オスカー！」

こんなに長い付き合いをしていても彼が何を考えているのかわからないのは、本来の彼が人間ではなく神さまだからだろうか。

ねえ、あなたは、私の気持ちをわかっているの？

オスカーの広い背中を追いかけながら、私は複雑な気持ちを抱いていた。

＊　＊　＊

夕食を終えて片づけをすれば、入浴の時間だ。

「オスカーが先に入る？　もう遅い時間だし、早く寝たいでしょ？　私、お昼寝しすぎてすぐには眠れそうにないからオスカーが先でいいわよ？」

食器をしまいながら、私はオスカーに提案した。

「そうですね……時間の短縮のために、一緒に入りますか？」

「だから、私は後でいいって言ってるでしょ？」

こちらに気があるような言葉をかければ私がいちいちドキドキすると思ったら、大間違いである。しかし今夜のオスカーは、どうもそういう気分らしい。

冗談だと思って軽くあしらうと、ふいに地面から足が離れた。

「え？」

気づけば軽々と身体を持ち上げられてしまっていた。エイドリアンに襲われた時もこうして横抱きにされたが、騎士でもないオスカーがひょいっと私を持ち上げるのはすごいと思う。着痩《や》せする性質《たち》なのか、上着を着ているとさらに細身に見えるから、そんな力があるとは想像できないのに。

って、そこに感心している場合じゃない！

「待ってオスカー。このタイミングで私をかかえたってことは、本気なのっ⁉」

全力で抵抗してもよかったが、ここで暴れても私にメリットはない。それに一応はそういうことを覚悟しているつもりだ。自分から夜這《よば》いをしたことだってあるわけだし。

ただ、もうちょっとだけ時間がほしかった。覚悟を決めたとはいえ恥ずかしいものは恥ずかしいのである。たとえ相手が愛する存在だったとしても、異性に裸を見られることは誰でも恥じらいを持つはずだ。

「合理的でしょう？　いいではありませんか、僕たちは夫婦なんですから」

正式ではありませんけどね、と小声で付け足される。互いが了承しているというだけの、事実上の夫婦。

「夫婦って言葉を免罪符《めんざいふ》にしないでちょうだい」

「この世界に免罪符《めんざいふ》はありませんけどね」

「そういう指摘はいらないから」

「はいはい」

どうでもいいやりとりをしている間に浴場に着いてしまった。食事を終えてすぐに熱めのお湯を張っておいたので、今ならちょうどいい温度だろう。

「今夜は冷えるそうですからね。お湯が温かいうちに入浴を済ませるのがよろしいかと思いますよ」

私を下ろすと、オスカーは脱衣場でさっさと服を脱ぎ始める。その潔《いさぎよ》すぎるさまに、私は視線を外した。

ちょ、ちょっとは躊躇《ちゅうちょ》したらどうなのっ！

「た、確かに時間短縮になるし、お湯が冷めてしまう前に二人ともお風呂を終えられると思うし、合理的だと思うけど。こんな明るいところで服を脱ぐとか、その、あの」

明るいとは言ったが、昼間に比べれば浴場はずいぶんと薄暗い。香りが練りこまれたキャンドルが複数灯《とも》されて、癒《いや》しの空間が広がっている。甘い芳香《ほうこう》の中にスパイシーな匂いも混じり、炎の揺らめきによる演出にさらにロマンチックさを添えていた。

こういうキャンドルは貴族の間でも手に入りにくい高価なものなのだが、ここは神殿と繋《つな》がる建物だ。神職者であれば、儀式に用いるという名目で手に入れやすいのかもしれない。

え、何？　これって、私も脱がなきゃいけない展開？

この羞恥心《しゅうちしん》を煽《あお》られる状況だけでもなんとかならないかと思って尋ねると、全てを脱ぎ去ったオスカーが私の背後に回った。

「身体を洗うだけですよ。僕、これでも磨《みが》くのは上手なんです」

「私は珠《たま》や宝石ではないんだけど」

彼の手が私の長い金髪を持ち上げて、正面へと流す。ドレスの背中部分の編み上げ紐《ひも》に手をかけて、手早く解き始めた。

ちなみにこのドレス、今朝はオスカーに着替えを手伝ってもらったものだった。これを着るようにと指示したのはオスカー自身である。

んん？　待てよ。ひょっとして、朝からこうなるように仕向けられていた？

実家から持ってきたドレスは自分で着脱できるワンピース型のものばかりだ。けれど今着ているドレスはオスカーに着せられたものである。

「……ほら、できた」

すとんとドレスが落とされて、私はあっさりと下着姿にされてしまった。

妙に手際がいい。まさか、このために練習していたんじゃないでしょうね？

戸惑いつつも、なるようになれとやけになり始めた私はされるがままだ。それに、正面を見られていないだけ、気が楽でもある。鏡もないし。

「ねえ、オスカーは、私とお風呂に入りたかったの？」

「急になんです？」

「最初の世界でのこと、夢に見たのよ。あの時のあなた、夕食を用意しないといけなかったから、私を磨《みが》けなかったって嘆《なげ》いていたわ」

私が動かずにいると、オスカーは下着もちゃんと脱がしてくれた。手つきが慣れているように思えるのは、彼も転生者として経験を積んできたからだろうか。それとも、神さまの全能性ゆえだろうか。

自称、縁結びの神さまだから、全能と言えるのかはわからないけど。

オスカーは手を動かしながら、ふっと小さく笑う。

「あの時のあなたは、捨て猫みたいな状態でしたからね。薄汚れていたので、これは磨《みが》きがいがありそうだなあと思ったのです。磨《みが》き残しがあれば、それを名目に洗って差し上げるつもりだったのですが、ご自分で綺麗に磨《みが》けていらしたので、出番を失ってしまいました」

「嘘をついて磨《みが》けばよかったんじゃない？」

とはいえ実際にあの時に触れられていたら、私はかなり暴れたことだろう。どういうつもりだと喚《わめ》き散らしていた自信がある。

今はこう言えるけどさ、それはそれなのよ。

「恥じらうあなたを見たら和《なご》んでしまって。それに、ここで触れてしまったら、結婚という儀式を重んじたい僕としては過《あやま》ちを犯したことになりかねませんからね」

「じゃあ、この状況はどう説明するの」

「だって、僕たちは夫婦なのでしょう？　今のあなたは嫌がらないではありませんか。驚いたり困ったりするだけで」

よく見ているなと思う。私が黙っていると、いよいよ最後の一枚も取り払われた。互いに全裸《ぜんら》になってしまった。こうなると緊張してしまう。初めてのことは、なんだか怖い。

身体を洗ってもらうだけ、よね。

こちらからも何かしたほうがいいのかと思ったが、その「何か」の具体例が全く浮かばない。洗ってもらった後はそのまま湯船に入ってもいいのかさえ迷う。

「ほら、脱ぎ終わりましたよ。思ったよりも従順ですね、レネレットさん」

そう告げると、オスカーは背後から私の肩にチュッと口づけを落とした。

「ひゃあっ！」

つい悲鳴を上げてしまう。まさかそんなことをされるだなんて予想していなかったので、私の身体はビクッと震えた。

「もう少し色気のある反応を期待したんですけど……レネレットさんらしいですね」

がっかりした口調でオスカーに指摘され、私はむっとする。肩口から彼の顔を見上げた。

「し、仕方がないでしょう！　知識はあっても経験はないんだから！」

浴室に私の抗議の声が響く。まだ湯に浸《つ》かってもいないというのに、全身が真っ赤に染まっている自信があった。いろいろな意味で恥ずかしくてたまらない。

意地悪そうなオスカーの顔が目に入る。彼の手は私の頬に添えられた。

「そうでしたね。実は僕も人との経験がないのですよ。神さまですから」

妙に顔が近いな、と私が思った時には変な体勢のまま口づけをされていた。こんな振り向いた途中みたいな姿勢でキスができるものなんだ、なんて感心していたら、なんだか様子がおかしい。

「オ、オスカー……ん、あっ、ま、待って」

唇を舌でなぞられたらしいと理解して、どうしてそんなことをされたのかわからず混乱する。これは口づけの延長なのだろうか。それとも、別の何かなのだろうか。

「か、身体が冷えちゃうから。お風呂に入ろう？」

このままではマズイと本能的に理解した私が提案すると、オスカーは私の腰元に手を回して撫《な》でてきた。女性のものとは違う、関節がはっきりとわかる太くて長い指先の感触に、ドキドキが止まらない。

「レネレットさんの身体は冷えるどころか、熱くなっている気がしますが」

ヘソのあたりをなぞられただけなのに、いつもとは違う感覚が湧《わ》き上がってくる。何かが確実に自分の身に起こるだろうことを予感して、私は小さく震えた。

「オスカー、私に何かしたの……？」

「脱がして、キスして、触っただけですよ。……レネレットさん、経験がないとおっしゃった割には可愛い反応もできるじゃないですか」

これが彼の求めた反応だということだろうか。だとしても、この状況は心もとない。

それに、至近距離にあるオスカーの表情を見ていると、正直なところ不安しかない。

なぜなら、彼は。

「あなた、意地悪な顔をしてる」

「そうですか？」

疑問形で返されて、再びキスをされた。頭がぼうっとしてくる甘い口づけ。まるでのぼせてしまったみたい。

身を任せてもいいのだろうか。

不思議と嫌ではない。背後に身体を預けると、オスカーは私を抱きかかえてくれた。

「レネレットさん。僕なりにあなたを愛したいと思ってはいるんです。不慣れなのであなたを怒らせてしまうかもしれませんが、大目に見てくださいね」

「う、うん……」

これから何が始まるのだろう。私はオスカーに全てを託《たく》すことに決めた。

＊＊＊

オスカーは私を隅々《すみずみ》まで丁寧に洗ってくれた。磨《みが》くのが得意だと言っていただけあって、本当にすべすべのぴかぴかになったような気がする。いつもの自分のやり方とどう違うのかはわからなかったのだけども。

「ねえ、オスカー。あなたはどうして私を選んだの？」

背後に彼の体温を感じながら、私はふと思ったことをそのまま問いかける。

現在は身体を洗い終わって湯船でのんびりとくつろいでいるところである。お湯は冷め始めているはずなのに、まだ熱く感じられるのはなぜだろう。

「どうしても気になりますか？」

オスカーは退屈そうな様子で返してきた。これは真面目に取り合わないつもりに違いない。

「そりゃあそうでしょ。あなたに想ってもらえているのは理解したけれど、理由がわからないのよ」

「理由なんてどうでもいいと思いますけどね。実際の事象においては結果が全てで、きっかけなんて些細《ささい》なものです」

オスカーははぐらかそうとしているようだ。どうして言ってくれないのだろう。

自己満足で始めたことだって、この前は言っていたけど。

質問ばかりしていてもオスカーが口を割ることはないと踏んで、私は自分の話をすることに決めた。返事を待たずに言葉を続ける。

「私はね、あなたが死ぬかもしれないって思った時に初めて、あなたと一緒に生きたいんだってはっきりと感じたの。だから神殿まで押しかけたのよ？」

私の目の前で瀕死《ひんし》状態に陥《おちい》ったオスカーを見て、彼と別れたくないと強く思ったのだ。あの時の私は、少なくとも今は彼との別れの時ではないし、そうしたくないと感じていた。

私はくるりと体勢を変えて背後のオスカーと向き合った。彼の脇腹には、刺された傷が今でも薄《うっす》らと残っている。目に入ったその傷痕は痛々しい。

「そう思っていただけて光栄です」

「じゃなくて！」

私が立ち上がってオスカーに迫ると、彼はにっこり微笑んだ。

「おや。いい眺めですね」

いい眺め……なのか？

彼の視線は私の胸元や太ももをなぞっている。前かがみの体勢なので、彼からは性的なポーズに見えるかもしれない。

全身をくまなく洗ってもらった後だというのに、そう意識すると急に恥ずかしくなる。

私はおとなしく水面《みなも》に身体を沈めた。

「はぐらかさないで。――っていうか、こういう体形があなたの好みだったりするの？」

モードのドレスを着こなすのにこの体形は都合がいいと前向きに受け止めて生きてきたが、最初の世界ではかなり華奢《きゃしゃ》だったことを思うと、あの時からずいぶん見た目は変わっている。そこに理由はあるのだろうか。

オスカーの顔が苦笑に変わった。

「僕の好みは関係ないですよ。ここに転生する際には、あなたがあなたらしく人生を全《まっと》うできる最善の設定を選ばせていただきましたので、それ以外の意図的な理由はありません。あなたの人生なんですから、僕の個人的な嗜好《しこう》は交《まじ》えていません。そんな妄想をするなんて、自意識が強すぎではありませんか？」

　あくまでも、私の選択する人生を優先してくれているということか。

　つくづく理解しにくい思考だなと感じて、私はため息をついた。

「オスカーは自分の人生を生きたいと考えたことはなかったの？」

　せっかく人間として生活しているはずなのに、私の従属のような立場に甘んじていていいのだろうか。そう考えて問えば、オスカーは小さく肩を竦《すく》めた。

「僕は神さまですからね。僕を信仰している人たちの願いを叶えることが存在意義であり、僕自身がどうこう思うのはご法度《はっと》なんですよ、一応」

「じゃあ、私を転生させて付きまとっていた理由って？　自分で自己満足だって言っていたのに、それはやっていいことなの？」

　個人に肩入れするのは禁止されているようなのに、私はこうして執着《しゅうちゃく》されているわけで、言っていることとやっていることがちぐはぐな気がする。

「覚えていたんですか？」

「言ったでしょ？　私、確かに聞いたわよ」

　湯船に身体を沈めたままオスカーに迫ると、彼は視線を逸《そ》らす。しばらく黙っていたが、やがて唇が動いた。

「……あなたが、誰よりも強く神を呪い、その一方で神に救いを求めていたからですよ」

「え？」

何に対する言葉なのか、瞬時にはわからなかった。

戸惑っているうちに、オスカーは言葉を続ける。

「あなたはあなたの幸せを得る権利がありました。なのに、あなたはそれを捨てて僕の供物《くもつ》になろうとした。供物《くもつ》を捧《ささ》げるのは人間たちが勝手に始めたこと……というと語弊《ごへい》がありますがね」

僕たちのような存在の中には犠牲を求める者も確かにいたので、そういう風習があちらこちらに残っているのです――とオスカーの言葉は続く。

この世界は多数の神々によって作られ、運営されているらしい。その中でオスカーは、やはり縁結びに特化した一柱《ひとはしら》の神であるそうだ。

「僕はその風習にうんざりしていましたので、あなたを救おうとあなたの前に顕現《けんげん》しました。あなたが生きたいと願えるように、僕なりに手を尽くしたつもりです。幸福な縁を繋《つな》いでいけるように、本当に全力であなたと接したんですよ」

それが会った初日に初夜だからと私を襲うことに繋《つな》がるとは思えないんだけど。

さっき見た夢がそのままあの前世で起きたことだとは言い切れないが、あの行動については理解できない。触れたいと思ったのは事実らしいし。

私が疑いの目でオスカーを見つめていると、彼は言葉を続ける。

「生きる力を失いかけていたあなたを僕の伴侶《はんりょ》として迎えることで、あなたに力を貸し与えたりもしていたのです。残念ながら、あまり活《い》かせませんでしたが」

補足の言葉を聞いて、どうしてそれをあの場で明かさなかったんだと心の中で責めたが、ひょっとしたら私がちゃんと取り合わなかっただけなのかもしれない。あの時の私は彼を神さまだと思っていなかったわけだし。

あの世界の私は、彼がいろいろと手を回してくれたのにも気づかず、信用できないと拒《こば》んだ。そのうちに何かしらの理由で衰弱《すいじゃく》し、命の火が消えた。

しっかし、私を伴侶《はんりょ》に選んでくれたのにはそういう意味もあったのか……

いきなり結婚してくれだなんて、どんな気まぐれなのかと思っていたが、神さまの力を貸し与えて延命させるためだと聞いて納得できた。

「――ここからは情けない話になるので、黙秘します。レネレットさんを選んだきっかけは、つまりはそういうことです」

「そんな風に言われると、かえって聞き出したくなるんだけど。私の性格、オスカーはよくわかってるでしょ？」

キスができてしまいそうな距離まで顔を近づけると、オスカーはにっこりと微笑んだ。

「ええ、存じていますとも。ですが、あなたから聞く気力を奪う方法だって、僕はよく理解しているのですよ?」

嫌な予感がして、距離を取ろうと私は身体を引く。だが間に合わなかった。

今は入浴中。お互いに裸だ。そして私たちは男女で、夫婦でもあるわけで――

「ま、待って! もう、もういいからっ!」

「レネレットさんは何もしなくていいですよ。僕が好きに動きますから」

「や、やっ、ひゃあっ!」

なんとも情けない悲鳴と共に、湯船の水が盛大に跳ねる。

後のことは、察してほしい。本気になってしまったオスカーに、私が勝てるわけがないのだから。

＊＊＊

くたくたに疲れた私は、オスカーにきちんと服を着せてもらって、さらにベッドに運ばれた。もちろんオスカーの部屋の、である。私の部屋のものより広く感じられるのは、彼の体格に合わせて大きめに作られているからだろうか。

まさか、この日がくることを期待して用意していたわけではあるまい……

そういう想像をしてしまうのは、オスカーが私に指摘したように、自意識過剰というやつだろうか。ただ私は、オスカーならそういうことをしそうだと認識しているだけなんだけど。

「……オスカー？」

「なんですか、レネレットさん」

私をベッドに横たえると、彼は隣に寝そべった。距離が近いのは、いくら大きいベッドといってもたかが知れているからだ。二人用ではないので、くっつくように寝ないとどちらかが落下しかねない。

「少しは満足した？」

「妙なことを聞きますね、あなたは」

オスカーはくすくすと笑っている。その態度になんとなく幸せそうな雰囲気を感じ取って、私はちょっと安心した。

「なんかさ、オスカーって自分自身の幸せに対して鈍《にぶ》そうだから、気になっちゃうのよ」

決して私にちょっかいを出すためだけに転生しているわけではないのだ。私が神である彼に興味を示していないがために、神の存在を証明しようと自分の身を投げ出している――そんな風に私には見えた。それで自分が傷ついたとしても、他人が傷ついたわけではないからと頓着《とんちゃく》しない感じ。

でも、そういう生き方って、間違っていないかしら？

興味深そうに耳を傾《かたむ》けるオスカーに、私は自分の意見を補強するための言葉を続ける。

「そりゃああなたは神さまだから、自分の幸福は後回しで、他人に尽くさなきゃいけない使命があるんでしょうけど、今は人間の身体を持ってこの世界にいるわけだし、少しは自分の欲求に素直になってもいいんじゃないかなって考えるわけよ」

「僕はあなたが幸せであれば、それで充分幸せなんですけどね」

私に身体を向けて、オスカーは頭を撫《な》でてくれる。彼の穏やかな顔は、確かに満足しているようにも見えた。

そう言って、きっとはぐらかされているわよね？

「それ、よくわからない」

小さく膨《ふく》れると、オスカーは私に覆《おお》い被《かぶ》さるような位置に移動した。互いの視線がしっかり重なる。

見つめ合う時間が流れて、やがてオスカーは唇を動かした。

「……僕はね、あなたにずっと求めてほしかったんですよ。私を救えないいなら神さまなんて存在しないんだと自分に言い聞かせて生きてきたあなたに、僕の存在を認めさせ、救いを求めてほしかった。……もう少し素直な言い方をするなら、あなたに好かれたかったんです。ほら、人の信仰心が僕の力になるので」

「別に、そこは神さまネタを突っ込んでこなくてもいいと思うんだけど」

「僕はそう解釈している、という話です」

楽しそうに笑って、オスカーはごまかすようにキスをしてくる。軽く触れるだけで、それはすぐに離れた。

「長いこと縁結びの神さまをしてきましたが、誰かにこういう感情を抱いたのは、あなただけなんですよ。転生にくっついて回るたびに触れ合う人間たちにも抱けなかったものを、あなたは持っている。あなたを手に入れられて、僕は嬉しい」

「そ、そう？　それが本当だとしたら、ずいぶんと遠回りしたわね」

私が指摘すると、オスカーは気まずそうに視線を逸《そ》らした。

「それはまあ、僕がうっかりしていた代償でもありますから、そこは仕方がないといいますか。でも、結果こうして一緒にいられるのですから、道のりの話はいいんです」

僕がうっかりしていた代償？

遠回りすることになった原因は彼にあるということだろうか。オスカーが回りくどい道を自分でひたすら選んでいたというだけではなく。

目を瞬《しばた》かせていると、オスカーがこちらをちらっと見た。明らかに私の様子を窺《うかが》っている。これは突っ込んだほうがいいのだろうか。

「……そ、そろそろ寝ましょう。明日の朝、起きられなくなるわ」

どうしたのという私の突っ込みをトリガーにして襲いかかろうと狙っているのであれば、その手にはもう乗らない。

風呂場であんなにイチャイチャしたのに、まだ何かする元気があるのだろうか。昼寝は充分していたが、私の体力は切れている。もう寝なければ。

「そうですね。寝ましょうか」

オスカーは私の提案に素直に応じてくれた。頷《うなず》いて、再び隣に寝そべる。毛布を私の身体に掛けてくれた。暖かい。

「……ねえ。なんで今日だったの？　朝から計画していたんでしょう？」

服のことといい、風呂に誘ってきたことといい。私が神殿に押しかけてから時間が経《た》っているのにどうして今日実行したのだろう。

私がオスカーに尋ねると、彼はふっと笑った。

「強いて言うなら、そういう気分だったから、ですかね」

「何それ」

瞬時に突っ込むと、オスカーが笑った。

「冗談です。僕がお貸しした本を一冊読み終えたのでしょう？　そのご褒美《ほうび》のつもりだったのですが。嫌でしたか？　あなたはこういうことを望んでいると思ったんです。僕はあなたが望むことしか叶えられませんからね」

「うーん……嫌ではなかったけど」

これが私の望みなのかはわからない。確かに優しくしてもらったのは嬉しかったけど。しかしさっきオスカーにしてもらったことを振り返ると、顔から火が出そうになった。あれら全てを自分が望んだのだとは認めたくない。

「あなたが望むなら、何でも叶えますよ。罪滅《つみほろ》ぼしもしなければならないので」

「ん？　罪滅《つみほろ》ぼし？」

急に出てきた不穏な言葉を繰り返す。オスカーはただ笑うだけだ。

「レネレットさんは僕に幸せにしてもらえばいいんですよ。死が僕らを分かつまで、僕に願ってください。自身の幸福を」

「本気でそう思っているなら、そういう不吉な言い方をしないで」

「そういう言い方が僕らしいと思っていらっしゃるくせに」

そんな返しは卑怯《ひきょう》だ。

愉快げに笑うオスカーの隣で、私は毛布を深く被《かぶ》ったのだった。

＊＊＊

なんの因果《いんが》か、今日はあの世界の夢をよく見る。身体を洗ってくれた時に、オスカーが私に何かしたのだろうか。

空から現れた妖しい青年のもとで生活を始めた私は、神殿のようにも感じられる大きな屋敷の中で寝起きしていた。定期的に与えられる食事はほどほどの量に調整され、規則正しい生活を続けている。

確かに衣食住に困ることはなく、特に仕事もせずに暮らすことはラクではあるのだけれど、この屋敷からは出てはならないと告げられて引き籠《こ》もっているのは退屈でしかない。

掃除なども特に必要ないらしいので、私は暇つぶしに自分が身につけている技能の中で使えそうな料理をしてみることにした。食材は必要な分を貯蔵庫から自由に持ってきてよいと言われたので、その通りにした。

初日の料理には遠く及ばない質素倹約《けんやく》を絵に描《か》いたような食事しか作れないが、これが私の身の丈《たけ》に合っている気がする。

量はほどほどに。味付けもさっぱりめ。私が作る料理を、彼は物珍しそうに見てから口にした。必ず美味《おい》しいと言ってくれるし残さず食べてもくれるので、作りがいがあり、私の密《ひそ》かな楽しみになっていた。

私はこの屋敷に閉じ込められていたが、彼は昼が来る前には出かけていき、夕方にはいつの間にか戻っている。どこに出かけているのかと尋ねても、彼は適当にはぐらかした。

彼のいない間は外から鍵がかけられているらしく、外出できないことは確認済み。窓の全てに至るまでそんな状態なので、私は外出を諦めていた。


この生活に慣れてきたある日のことだ。

私は彼に誘われて、この生活が始まってから初めて外に出た。私がとても退屈そうだからと、ようやく連れ出してくれる気になったらしい。外は危険が多いので本当は嫌だったそうだが、食料調達に人手がほしいとも感じていたので、とも言っていた。

彼が食料調達だと告げた通り、この外出では川で魚を釣ったり木の実を採《と》ったりした。彼は植物や動物のことをよく知っており、食用にできるか否《いな》か、調理法は何が適しているのかを私に懇切《こんせつ》丁寧に教えてくれた。

やっぱり彼は料理好きなのね。もてなすことが好きだと表現していたが、本人は自分が本当は何が好きなのかを認識できていないのかもしれない。

その日以降、彼はしばしば私と一緒に外出し、食料調達を楽しんだ。

冬の訪れを日毎《ひごと》に感じるようになったある日のことだ。木登りをして果実を採《と》っていた時、この生活になって初めて自分たち以外の人間に遭遇した。私の父親くらいの年齢の男性と、彼よりは幾分か若い青年の二人組。熱心に地面に降り積もった木の葉をガサガサと漁《あさ》りながら進んでいく。

私は声をかけようかと片手を上げ、そこで彼らの言葉を耳にする。

『……こんなに探しているのに、あの娘の亡骸《なきがら》が見つからないのはおかしい』

『……しっかり探せ。あれは大事な供物《くもつ》だ。ちゃんと神に命を召し上がってもらわねば、いよいよ村が危ない』

『逃げ果《おお》せたとは思えないんだがな、一体どこに消えた？　手間かけさせやがって』

若いほうの男は毒づいて唾を吐き捨てた。

この人たち……私の村の……

声をかけなくてよかった。話し声から、彼らが私を探してこの山をうろうろしているのだとわかる。もし、彼らが私を見つけてしまったら、どんなことが起きるだろう。

彼は対処してくれたと言っていたのに、どうして？

私は村人たちが遠くまで去ったのを確認すると、彼のもとへと急いだのだった。

私が森の中で見た光景を彼に話せば、彼は一瞬険《けわ》しい顔を見せ、忘れなさいと告げた。

『どうして？　私、聞いたのよ。私の処遇については対処してくれたんじゃなかったの？』

『あなたとはもう関係のないことですよ。あなたはあなた自身の幸せを見つければいいのです。僕のもとで』

この話題から逃げるように告げる様子を見て、私は気づいてしまった。彼が私を屋敷に閉じ込めていた本当の理由、それは私の村の住人たちと会わせないためだったのだと。

『でも、私は──』

『あなたは村に縛られなくていい。生贄《いけにえ》にされた時点で村とは縁が切れたのですよ？

彼らはあなたを切り捨てた人たちじゃないですか。それに今は僕の伴侶《はんりょ》です。あなたは自由に生きていい』

『そう……もういい』

村には私の家族がいる。供物《くもつ》として喜んで私を差し出した両親ではあるが、仕方のない事情だ。この年齢まで育ててくれた恩は感じている。両親たちにとって、私の安否《あんぴ》は重要だ。状況によっては彼らまで村から追い出されるかもしれない。

私はちゃんと役目を果たそう。果たさなきゃいけないんだわ。供物《くもつ》が建前で、口減らしが本音だったとしても。

それから私は、食事を徐々に減らし始めた。神さまにこの身を捧《ささ》げるには、その方法がいいような気がして。

再び痩《や》せ細り始めた私を見て彼は心配してくれたが、取り合わなかった。私が死んだら亡骸《なきがら》は村人に見つけてもらえる場所に運んでほしい、生まれ育った場所に帰りたいからと伝えて、真意を隠した。栄養が足りなくなれば、病気にもかかりやすい。生命力も削《けず》られていく。

やがて私は、最期の日を迎えた。

＊＊＊

夢から覚めて、目を開ける。カーテンの隙間からは陽射《ひざ》しが降り注いでいた。

「……オスカーがいけすかないやつだったから拒絶したって理由じゃなかったんだ」

私の隣で寝ていたはずのオスカーの姿はここにはない。早朝の儀式のために出ていったのだろう。

これらで全ての記憶を思い出せたのかは定《さだ》かではない。だがオスカーは、私があの時彼の手を拒《こば》んだ理由をいまだに理解していない気がした。

私のために尽くしたことが裏目に出てしまった、あるいは、私の気持ちを汲《く》めなかったばかりに拒絶されたと考えているのかもしれない。

――オスカーは悪くなかったのよ。私が私の幸せを選べなかっただけで。

涙が溢《あふ》れてくる。あの世界でうまく接することができなかったやり直しをするために、ずっと転生をさせ続けてくれたのだとしたら、オスカーに申し訳が立たない。

なんで思い出せなかったんだろう。とても大事なことだったのに。

私は涙を強引に拭《ぬぐ》うと、オスカーを探して部屋を出た。

神殿の祭壇上にオスカーは立っていた。祈りを捧《ささ》げ終えたところらしい。扉を開けて入った私を、彼はぎょっと見つめてきた。泣き腫《は》らした目の女が早朝にいきなり祭壇を訪ねてきたら、確かにこういう反応になるかもしれない。

「ど、どうされました？」

「あれは、誤解だから」

とにかくすぐに伝えようと思って口を開いたら、とても不親切な言い方になってしまった。オスカーは目を瞬《しばた》かせ、ゆっくりとこちらに向かってくる。

「あれ、とは？」

「私が衰弱《すいじゃく》死したのは、あなたのせいじゃないわ。私は、自分の村を守るためにそういう手段を選んだの。だから、あなたは悪くない！」

うまく説明できているだろうか。気持ちが急《せ》いてしまって、言葉がまとまらない。

私が必死に伝えようと口を動かしていると、オスカーはやんわりと微笑んだ。

「……なんの話かと思えば、起点の話でしたか」

最初の世界――だから、起点。

私がなんの話を告げようとしているのかオスカーに伝わったように思えたので、説明を続ける。

「私はあなたとの生活を楽しいと思っていたわ。こういう生き方も悪くはないかもって思ってた。でも、私には親がいた。村には少ないながらも友人だっていたの。私が生贄《いけにえ》に選ばれた時、体《てい》のいい口減らしだとは思ったし、どうして私なんだろうと恨《うら》んだりもしたけど、最終的には受け入れたわ。村での自分の役割を認識していたから、ちゃんと、与えられた仕事をこなそうって思ったのよ」

私は再び溢《あふ》れてきた涙を袖で拭く。

「私が供物《くもつ》として捧《ささ》げられた神さまがあなただって理解できていたら、すれ違わなくてよかったのにね」

私が彼の話をきちんと聞いていれば、今みたいな遠回りな状況にはならなかったはずなのだ。あの時がきっかけで、私はオスカーをずっと拘束し続けてしまった。当時の私がそれを望んだわけじゃなかったのに。

泣き出した私を、オスカーは最後の一歩を踏み出すと同時に抱き寄せた。

「ええ。そうですね。どう説明したらいいのかわからなかった僕にも非はありますが……あなたの口から理由を聞けてよかった」

「あの時のあなたは精一杯やってくれたんだから、胸張っていいんだからね」

「そうですか」

優しく頭を撫《な》でてくれる手が心地いい。私は、この人が好きだ。

「告白ついでに、僕が隠していた事実を明かしましょうか」

「前に罪滅《つみほろ》ぼしがどうとかって言ってた件？」

問えば、オスカーは苦笑した。これは肯定《こうてい》の意味だろう。

「――僕は良かれと思って起点の世界であなたを伴侶《はんりょ》にしたのですが、それがなかなかに強烈な縁を繋《つな》いでしまったらしくって」

「え、でもいいじゃない。長い時間はかかったけど、私はオスカーと結ばれて嬉しく思っているわよ？」

告白とも取れる言葉に喜んでくれるかと思ったのに、オスカーは私からそっと視線を外した。

え、どういうことですかね？

「結果的にそうなったのでハッピーエンドなんですが……その、これまでの転生であなたが結婚できなかった理由というのが、すでに僕と結ばれてしまっていたために、他の人間との縁ができなかった、ってことなんです……。このことを知ったのは二回目の転生の時で、気づいた時には仕事の縁は結べても、恋愛的な縁はもう結べないっていう……

意図せずに呪いをかけてしまっていたんですよね……」

つまりオスカーは、積極的に私の恋愛の邪魔をしていたわけではなかった、ということらしい。きっかけは、間違いなく彼なんだけども。

っていうか、呪いって、自分で言っちゃう？

あまりにもオスカーがしょげた顔でぼそぼそと喋《しゃべ》るので、私はつい笑ってしまった。

確かに結婚できなかったのは悔しいけど、彼なりに申し訳ないと反省し続けていたのであれば、そろそろ時効にしてあげてもいい。

明るく笑い飛ばしたからか、オスカーはやっと私の顔を見た。どうも困惑しているようだ。

「あの、レネレットさん？」

「もういいわ。むしろ私こそ、自分の気持ちに気づくまでに時間がかかってしまってごめんなさい。あなたは私にとって、後にも先にもたった一人の最高の伴侶《はんりょ》よ。これからもよろしくね」

気持ちを込めて笑顔を作る。私にとっての最高の伴侶《はんりょ》がオスカーであるように、私も彼にとって最高の伴侶《はんりょ》でありたい。

自然と目が合い、口づけをする。それは触れるだけでなく、すぐに深いものに変わった。

「んっ！　ま、待って、オスカー。これから仕事でしょ？」

このまま押し倒されそうな予感がして、唇が離れた一瞬の隙に私は慌てて制止を呼びかけた。

私の顔を覗《のぞ》き込む眼鏡の奥のエメラルドの瞳が興奮を伝えてくる。およそ、神聖な祭壇の前で見せるような感情ではない。

「待ちませんよ。やっとあなたの全てを手に入れられたんですから、もう手放せません」

「え、いや、その、神父の仕事をしないと神さまとしての力が集まらなくて困るんでしょ？」

「祈りを捧《ささ》げるのも捧《ささ》げられるのも僕ですし、今日一日お休みしたところで大差ありません。幸い、この後は訪問の予定もありませんからね」

オスカーは誰はばかることなくグイグイと迫ってくる。

「あの、オスカー、神さまにも性欲ってあるのかしら？」

「本来、神自身に欲望はないはずなんですがね。僕がこういう態度を取ってしまうのは、あなたが密《ひそ》かに望んでいることを反映しているからですよ？」

「そういうの、ずるい！　――って、下ろして！」

抗議の声も虚《むな》しく、私は簡単に横抱きにされてしまった。

「せっかく人間の身体を持てたわけですし、今世ではレネレットさんとの子どもがほしいですね」

「なっ！」

「愛しています、レネレット。僕の唯一の伴侶《はんりょ》」

普段彼からそんなことを言われ慣れていない私には、インパクトが充分だった。私は全身を真っ赤に染めながら、そっと俯《うつむ》いて唇を動かした。

「わ、私も、愛してるわよ……」

嬉しそうにくすくす笑う声が耳元でするので、私の精一杯の告白は聞こえているのだろう。

やっぱりオスカーは意地悪だわ。

そんなところも悪くないと思えてしまうんだから、ほんとどうしようもない。私は彼の首に腕を回した。

書き下ろし番外編

赤ちゃんの話をしよう

私が産まれたゴットフリード領は、新年にかけて雪がたくさん積もる。屋敷から見える景色は一面真っ白で、それはそれは美しい。この風景を観光業として利用することもできそうだが、その景色が見られる時季は雪で道も塞《ふさ》がってしまうため、領内の人間しか知らない。

この景色を見ることは、しばらくはないんだろうな……

去年までは毎年見てきたありふれたものだったが、今年からはオスカーの住む王都で年越しをすることになる。おそらくこれが見納めだろう。

「――今季は雪解けが遅いから、大変だったでしょう？」

ゴットフリード領の屋敷に戻ってきた私を温かく迎えてくれた母が話しかけてきた。

「ええ。例年だともう道は通れるようになっているはずなのに、部分的に雪が残っていて。馬車から馬に乗り換えて抜けてきたわ。――でもね、私、嬉しかったの。この雪景色が好きだから」

今回ゴットフリード領に戻ってきたのは、結婚式の打ち合わせのためだ。春になるのを待ってもよかったのだが、たまたまこの時季に王都からゴットフリード領に用事がある友人に便乗して屋敷に戻ったのだ。

「そう。無事で何よりだったわ。――レネレット、あなたが産まれた年もこんな大雪でね、お産が大変だったのよ。お医者さまを呼べなくて、とっても心配したわ」

「え、そうなの？」

初めて聞く話だ。雪の降る時季に産まれたとは聞いていたが、お産が大変だったとは聞いていない。

そういえば、私の両親は子どもに恵まれない期間が長かったんだっけ……

父や母の友人たちの子どもはみんな私より年上だ。長子ともなれば私とは十歳前後離れている。幼い頃はあまり気にしていなかったものの、年頃を迎えればそのことに気づくものだ。

「うふふ。あなたもそのうちに子どもを授かるでしょうし、せっかくだからお話ししておきましょうか」

母はそう告げたあと、お茶を準備してもらうと言って部屋を出ていった。

お腹の子は春ごろに産まれると言われていた。雪が解ける頃なら暖かくなっているし、子育てもしやすいと考えていたという。

ところがその年は雪が多く、例年であれば道が通れるようになっているはずの時期を迎えてもかなりの雪が残っていた。

そんな中、予定よりも早く陣痛が訪れる。

母はその時、やっとここまで大きくなった子を失いたくない、必ず立派に育てるから元気に産まれてきてほしいと願ったそうだ。

初めてのお産であることと、長く子どもに恵まれずにいたことから医者を呼ぼうとしたが、雪で道がなくなっていたから間に合わない。

それでも出産は進んでしまう。出産の経験がある使用人を集めてどうにか準備をし、その時を迎えた。

「――とんでもなく痛くてね、何度も何度も気絶しちゃうんじゃないかって思ったんだけれど、元気なあなたを見るまでは倒れちゃいけないって自分に言い聞かせて耐えたのよ」

「へえ……」

結構な頻度《ひんど》で意識を飛ばしている母なので、さぞかし頑張ったのだろう。ティーカップを置いて誇らしげに胸をそらしているのが可愛い。

母は続ける。

「陣痛が始まったのが夕食の後で、夜中はずっと痛みに耐えていたわ。お医者さまとは連絡もつかず、ついた時にはまた雪が降り出していて来られそうになくて。お医者さまがいないまま明け方が近づいてきて。雪がやっと止《や》んで、空が少しずつ明るくなって、朝日が少し顔を出した時、あなたが産声をあげたの。静かな世界が一変して賑《にぎ》やかになったのを、今でもはっきりと覚えているわ」

懐《なつ》かしげに目を細めたのち、母は私を見てにっこり微笑んだ。

「すごく元気な女の子。少し小さめに感じたけれど、とってもよくおっぱいを飲んでね、あっという間に大きくなっちゃった。……本当に、大きくなったわね」

「お母さま……」

「産まれてきてくれてありがとう。あなたは自慢の娘よ、レネレット」

母はいつだって私の味方で、私がしょんぼりした時は「自慢の娘だ」と励《はげ》ましてくれたが、今日は格別に胸に響いた。

私が考えている以上に、もっと深く愛してくれていたんだな……

産んだ時に大変だったからとか、育てるのが大変だったからとか、そういうエピソードで親の愛情が変わるわけではないだろう。ただ、思い出しながら語る母の姿には慈愛が溢《あふ》れていて、幸せを噛みしめるように私に接していたことが伝わってきた。

「こちらこそありがとう、お母さま」

私もこんなふうに子どもと接することができたらいいな。

家庭を持って、子どもを育てて、オスカーと一緒に年老いていきたい。何度転生しても、それはできなかったことだから。

しみじみ考えていると、母がぱっと私の手を取った。戸惑う私に、母はにっこりと笑《え》む。

「せっかくだから、お祝いしましょうね」

「……え？」

「お誕生日のお祝い。夕食を豪華にするように言ってあるの。レネレットの好きなもの、たくさん作らせているわ。作り方も記録しておくように言っておいたから、王都では自分で作るのよ？」

「あ、はい……」

浮かれているようだ。母がこんなに喜んでくれるとは正直思っていなくて気が引けたが、親孝行のつもりで乗っておこうと私は笑顔を作った。

楽しい時間は時の流れを忘れさせる。気づくと王都に帰らないといけない日を迎えていた。

夏に王都に来たら会う約束をし、しばしの別れを惜しみながら帰路についた。

帰るまでたくさんたくさん、両親と話をした。私が両親を独占するので弟が拗《す》ねていたけれど、まだまだあなたは親のそばにいていいのだからと諭《さと》した。

両親いわく、私は「自慢の娘」だが、弟も「自慢の息子」なのである。誇っていいのだと私が頭を撫《な》でたら「ガキじゃない」と膨《ふく》れていたけれど、私にとっても「自慢の弟」だ。胸を張ってゴットフリード家を守り立ててほしいと思う。

「オスカー、ただいま！」

王都にある縁結びの神殿に戻ったのはそれから数日後のこと。仕事をしていたオスカーを見つけて、私は抱きついた。

「おかえりなさい、レネレットさん。長旅、お疲れ様でした。今日は早めに神殿を閉めますので、部屋で待っていてくださいね」

ぎゅっと抱きしめ返してくれたオスカーは、私を穏やかそうな顔で見つめてそう指示した。

「ん？　いつも通りでいいのに」

「半月もあなたがそばにいなかったので」

「どういうこと？」

実家に帰ることを勧《すす》めてきたのはオスカーのほうだったというのに。ゴットフリード領が王都から遠い国境に面していることはオスカーだって知っているはずだ。なかなか戻ってこられないのはわかっていたのではなかったのか。

キョトンとして首をかしげると、オスカーは性急に私の頬に手を添え口づけをした。深くて、熱烈な感じの。

あ、あの、シスターさんたちも周りにいるんですけど!?

帰宅するなり抱きついたのは私だけど、キスまではねだっていない。びっくりしすぎてされるがままでいると、オスカーがゆっくりと離れた。

「……レネレット、あなたは寂《さび》しくなかったのですか？」

「いや、まあ……オスカーがいなくて寂《さび》しいと思ったことはあるけど、家族と一緒だったし、そんなには……」

私が思ったままを告げると、オスカーは不機嫌そうに眉根を寄せた。そしてなめらかな動作で私を横抱きにする。

「え、あの、オスカー？」

「もう仕事は終わりにします。日も暮れますし、問題ないでしょう」

「日が暮れるって……いやいや、まだ昼食の時間が終わったばっかりでしょ？」

抗議をするが、オスカーは私を抱えたまま神殿を出ていこうとしている。

ええ、待って。お仕事放棄はまずいって。

シスターさんたちに助けを求めて顔を向けると、とても嬉しそうな様子で手を振ってくれたり、応援しているというようなジェスチャーを返してくれた。

求めているのはそういうことじゃない……

呆れたものの、そんなシスターたちの様子から察するに、私がいない間はオスカーが荒れていたのだろうことが伝わってくる。オスカーは彼自身が思っているほど自分のことを理解できていない。寂《さび》しいと自分の口で説明できたのは、実は珍しいことなのだ。

「レネレットさんにとっての家族はゴットフリード家の方々であるのは間違いではありません。ですが、僕だってあなたの家族なんですよ？」

「私の家族に嫉妬しないでほしいんだけど……」

縁結びの神さまのくせに自分の縁をうまく結べない不器用な神さまは、愛情表現が下手で嫉妬しがちで私の手にある。

「僕たちが寂《さび》しくないように、家族を増やしましょう。子どもは何人がいいですか？　レネレットさんの身体に負担になりすぎない範囲でたくさん作りましょう。一緒に育てますから」

「ええ、うーんと……そうねえ……」

身体に負担になりすぎないようにとさりげなく気遣ってもらえたのが嬉しい。オスカーにとっての一番は私なのだと、優越感を得られたから。

まあ、子どもが産まれたら変わるかもしれないけどね……

どうなっていくのかなんてわからない。私の両親のように、子どもを大事に育てつつも仲良し夫婦でいられるかもしれない。子どもがなかなか授からなくてツラくても支え合って生きていけるかもしれない。

「でも、オスカー。赤ちゃんって授かりものだから、すぐにたくさん産まれるわけでもないのよ？」

もう神殿の離れまで来てしまった。少し乱暴にドアを開けてオスカーは屋敷に入る。

「産めますよ、レネレットさんなら。僕が望んでいるんですから」

「オスカー、家族増やすために神さまの力に頼るのはやめて」

神さま怖い。いや、怖がられるほどの力を持っているから神さまなのかもしれないけど。

「力に頼らなくても、きっとそうなります。結婚式をするまではと思っていましたが、準備もしておいたほうがいいですからね。お疲れのところ申し訳ないですが、付き合っていただきますよ、レネレット」

さん付けじゃないということから、本気でそう言っているのだとわかってしまった。

まだ運ばれているだけなのに、どんどん動悸が激しくなる。

「や、優しくしてください……」

これは拒《こば》めないなと思って縮こまると、ギュッと身体を押し付けられた。

「わかりました。僕の温もりがないと寂《さび》しがるようにして差し上げますね」

それは優しいのだろうか？

私は覚悟を決める。

私たちに家族が増えるのは、まだ先のお話――

新感覚ファンタジー

RB レジーナ文庫

いつの間にやらヒロインポジション!?

レジーナブックス Regina

婚約破棄系悪役令嬢に転生したので、保身に走りました。1~2

灯乃 イラスト：mepo

価格：本体 640 円+税

前世で読んでいた少女漫画の世界に、悪役令嬢として転生したクリステル。物語では婚約者の王太子がヒロインに恋をして、彼女は捨てられてしまう運命にあるのだけれど……なぜか王太子は早々にヒロインを拒絶してしまった！　こうしてヒロイン不在のまま物語は進んでいき――!?

詳しくは公式サイトにてご確認ください

https://www.regina-books.com/

携帯サイトはこちらから！

原作 雪兎ざっく 漫画 鳴海マイカ
Zakku Yukito Maika Narumi
RC Regina COMICS
Eランクの薬師 1
待望のコミカライズ!
アルファポリスWebサイトにて好評連載中!
薬師のキャルは、冒険者の中でも最弱のEランク。役立たずと言われながらも、仲間のために薬を作り続けていたのだけれど……ある日、ついにパーティを追放されてしまった! 故郷に帰るお金もなく、見知らぬ町で途方に暮れていると、ひょんなことから死にかけの魔法剣士・カイドに出会う。さっそく彼に治療を施し、自作の回復薬を渡したら、なぜかその薬を大絶賛されて――!?
落ちこぼれ薬師 万能薬で 大活躍!?
大好評発売中!
B6判／定価:本体680円＋税／ISBN:978-4-434-26473-3
アルファポリス 漫画 検索

本書は、2017 年 12 月当社より単行本として刊行されたものに書き下ろしを加えて文庫化したものです。


この作品に対する皆様のご意見・ご感想をお待ちしております。

おハガキ・お手紙は以下の宛先にお送りください。

【宛先】

〒 150-6008 東京都渋谷区恵比寿 4-20-3 恵比寿ｶﾞｰﾃﾞﾝﾌﾟﾚｲｽﾀﾜｰ 8F
（株）アルファポリス　書籍感想係

メールフォームでのご意見・ご感想は右のＱＲコードから、
あるいは以下のワードで検索をかけてください。

アルファポリス　書籍の感想　検索

ご感想はこちらから

RB

レジーナ文庫

転生前《てんせいまえ》から狙《ねら》われてますっ!!

一花《いつか》カナウ

2020 年 3 月 20 日初版発行

文庫編集－斧木悠子・宮田可南子
編集長－太田鉄平
発行者－梶本雄介
発行所－株式会社アルファポリス
〒150-6008 東京都渋谷区恵比寿4-20-3 恵比寿ｶﾞｰﾃﾞﾝﾌﾟﾚｲｽﾀﾜｰ8階
TEL 03-6277-1601（営業）　03-6277-1602（編集）
URL https://www.alphapolis.co.jp/
発売元－株式会社星雲社（共同出版社・流通責任出版社）
〒112-0005 東京都文京区水道1-3-30
TEL 03-3868-3275
装丁・本文イラスト－八美☆わん
装丁デザイン－ansyyqdesign
印刷－株式会社暁印刷

価格はカバーに表示されてあります。

落丁乱丁の場合はアルファポリスまでご連絡ください。

送料は小社負担でお取り替えします。


ISBN978-4-434-27013-0 C0193